网络人气实力作家

最新力作

南伊◎著

两个两个人

TWO

TWO PEOPLE

择一个人终老，

选一种爱相守

这世间迢迢路远，

我们隔山隔水跋涉

都只为找到彼此，然后抵达爱。

中国言实出版社

图书在版编目（CIP）数据

两个两个人 / 南伊著. —北京：中国言实出版社，2015.9

ISBN 978-7-5171-1328-7

Ⅰ. ①两… Ⅱ. ①南… Ⅲ. ①小小说－小说集－中国－当代 Ⅳ. ①I247.8

中国版本图书馆 CIP 数据核字（2015）第 092105 号

责任编辑：郭江妮

出版发行 中国言实出版社

地 址：北京市朝阳区北苑路 180 号加利大厦 5 号楼 105 室

邮 编：100101

编辑部：北京市西城区百万庄大街甲 16 号五层

邮 编：100037

电 话：64924853（总编室） 64924716（发行部）

网 址：www.zgyscbs.cn

E-mail：zgyscbs@263.net

经 销 新华书店

印 刷 北京市兆成印刷有限责任公司

版 次 2015 年 10 月第 1 版 2015 年 10 月第 1 次印刷

规 格 880 毫米×1230 毫米 1/32 8.75 印张

字 数 152 千字

定 价 32.00 元 ISBN 978-7-5171-1328-7

每个人的内心都有一扇禁锢的门，他人看不到，而自己亦不想打开。

没有谁能会完整地把内心赤裸裸地坦露给他人，哪怕是最亲密的人。人保留的，往往都是自己的劣根性。

比如：自私、自卑、压抑和痛苦。我们都不完美，所以我们才彼此包容。

——关于他，关于她，关于爱

目　录

七月和凉生

一

七月是微时尚杂志的摄影师，是一个脾气古怪，但在圈子里又相当有名气的姑娘。二十七岁，那么年轻，这在时尚圈来说，是少有的。最起码，艾玛这么认为。艾玛是七月供职的微时尚的老总，一个半老徐娘仍旧不减风韵的女人。

七月来应聘的那年，正值“微”生死存亡之际。没有创新的理念，是一个时尚杂志人的灭顶之灾。那时候，艾玛一脸菜色，向来强势骄傲的她已经决定如果半年后

“微”仍无起色，她就从此消失在时尚圈。哦，不，消失在中国。她觉得失去了阵地，就等于失去了她存在于这个生她养她的地方的意义。她是骄傲的人，她不允许自己丢了面子。

七月顶着一头没梳没洗的杂乱长发跑到“微”时，所有看到她的人都像是看到了怪物一般。可不是吗，时尚是杂志社的核心理念，如此不修边幅的一个姑娘跑到这样的地方，不是怪物就是智障吧。

前台的丽莎捂着嘴，一双眼睛瞪得像铜铃，好久她才说：姑娘，你走错地方了吧。

我是来应聘的，封面摄影师。七月说完，举起手胡乱地挠了挠头发，继续说：我要见你们的老总。

她很张狂，艾玛说。其实她一直都很张狂，如果她能低调点、谦虚点，或许，她就不是七月了，当然，她更不会成为艾玛信任的七月。

至今，很多人都不理解，如艾玛那样挑剔、严厉、强势又骄傲的老女人，如何会留下七月那样的人呢？

但不能否认的是，七月确实有张狂的资本。

正式成为“微”的一员后，她接拍的第一个对象就是在时尚圈相当有名气的简。有人说，一个人的名气和她的脾气是成正比的。简就是这样一个人，名气大，脾气也大，得罪的摄影师都能排长龙了。

不过，简虽然名气大脾气大，但却是个知恩图报的义气人，不然，她也不会在艾玛面临窘境之下，还敢来上她的杂志。

简，你知道的，即使你不来我也不会有别的想法。艾玛点了一支烟，斜靠在米色的沙发里，一张红唇尤其显眼。

可不来我会有想法。姐，这你该知道的。简说着，顺势靠过去从艾玛面前取了一支烟点上。

你是知道的，“微”的老人都被挖走了。新来的一个还没有上过手，不过我倒是很看好她。

你看好的人，自然都是好的。

真会说话。

你知道的，我只说我觉得对的话。

死丫头，到现在嘴还那么硬。怎么样，等下你去看看再拍。

直接拍吧，我放心。简说着，一抹不易察觉的笑从嘴角拉开。这个细节，恰被艾玛看进眼里。艾玛知道，这个小妖精开始动心思了。

二

化妆师，红褐色的嘴唇，就像血凝固了的颜色。脸色要白，那种清脆的白，“咔”的一声就折断的那种清脆。其他什么都不要，对了，再给她一块白缎子。

这是七月说给化妆师杰瑞的话。杰瑞慌措地看向简，他预感，这个女人会疯的。

杰瑞错了，简没有疯。她很配合，不言不语，安安静静任杰瑞摆布。

“微”所有的参与者开始小声嘀咕开了。

见了鬼了，这样的要求她都能答应。

可不，听说上次拍 MJ 的封面，摄影师不过让她脱掉鞋子，结果她就发飙了。

唉，搞不懂，这个七月也够有胆的，你们听她那一句——对了，再给她一块白缎子。解不解气？

小点儿声你，小心被简听到，你明天就失业。

……

这些话，简自然是听得到的。她的黑眼珠在眼眶里滴溜溜转了几圈，又看向杰瑞，破天荒地笑了笑，那一笑，让杰瑞的手抖了那么一下，凝固的血从简的唇角溢了出来。

不好意思，不好意思……杰瑞一边小心擦，一边小心道着歉。

你慌什么？我又没把你怎么着。来，说说看，这个七月有什么故事。

故事？简，她的故事还真没有人知道。这是她来“微”的第一天，昨天面的试。艾玛这次很反常，竟然不用试拍就让她做了首席。你说，奇怪不？杰瑞的嗓门又细又尖，好好的话，经他一说，突然就有了别的味道。

不错。第一天就能这个姿态，像个首席。简说着，开始解衣服的扣子。杰瑞知道自己该做些什么，便招呼琳达拿来一块白缎子，一干人就退出了拍摄现场。

偌大的影棚，除了灯光和器材，就只剩下了简和七月。

怎么拍？简脱光了衣服，把白缎子随意往身上一裹，又直又白的大长腿一步一露，很是销魂。

随便你，怎么舒服怎么来吧。七月专心调试镜头，没去看简。

小丫头，还挺傲气。

我不傲气，我是尊重你。把你想给我的给到我，我保证你会看到一个不一样的你。七月这次抬起了头，一双眼睛大而亮，神气逼人。

简不禁对七月多看了几眼。不知怎么回事，简的心里竟然有种说不上来的感觉。

很奇怪。简觉得自己在七月的镜头下成了一只妖，这么说又好像不对，应该是介于仙和妖之间吧。她站起来，白缎子飞舞，长发飘逸，眼睛在虚无处一定，她就是个不染尘的仙子。她卧倒在地，软蛇一般的身子跟着细长的颈子回转，白缎子逶迤，凝固如血一般的嘴唇轻咬，眼波流转，她就是只魅惑众生的狐。

一切都在意料之外，一切又似乎都在意料之中。慕名而来的明星红人近乎踏破了“微”的门。

七月火了，简火了，艾玛火了。

半年后，“微”起死回生。

艾玛说：七月，说吧，你期望的年薪是多少？

够用就好了。

够用？你整日浑浑噩噩，不喜奢华，几乎没什么开销啊。

是啊，我不会花钱。

那……

但是，我的时间开销很大。

时间？开销很大？

对。

你这是什么意思呢？

我想要你给我足够的自由。七月悠悠地说了这么一句。她没去看艾玛，只是习惯性地把黑朗姆倒进咖啡里。

七月，我可以答应你很多条件，但……

我是说在我需要消费时间的时候。很显然，这并不是常有的事情。

艾玛的头稍稍倾斜，她侧着脸看着这个古怪的姑娘。她正在很享受地品用那杯独特的咖啡。艾玛知道，七月是个有分寸的姑娘。尽管，她很古怪。

艾玛拽着七月进了三宅一生，她想从头到脚把这个衣装古怪的姑娘捯饬一番。

很显然，艾玛失败了。那些衣服一旦到了七月的身上，就像是孔雀落了毛，公主丢了水晶鞋。总之，七月和它们格格不入。

花费那么多心思做什么呢？不适合的不会美，就算是顶级的也枉然。艾玛，这不该是你做出的事情。七月说着，把她的棉布罩衫套在单薄到可怜的身体上。她真是瘦啊，肋骨根根可见。

七月从一开始就直呼艾玛的名字。既不像公司的人那样称她“罗总”，也不会如杰瑞和简一样，称她为“艾玛姐”。对此，艾玛倒是不介意。已经有很多人很多年不会直接叫她“艾玛”了，艾玛想想，竟有些唏嘘，也有些怀念。

艾玛见七月把那身行头重新罩在她身上，再看，倒也不觉得有多么唐突了。或许，如七月一样的姑娘，就该有这样自由而毫无束缚感的质地和着装。看她，宽松松的，多么自由，就像是一只从朝阳里奔跑而来的鹿，轻灵有生气。

好吧，不难为你了。每个人都有自己钟爱的味道。是你的，也只有你能了解那种美。

七月不说话，只是看着艾玛笑了笑，那一笑，艾玛觉得极美。

下雨天，七月向艾玛要了时间，再回头，就不见了踪影。

简说：你很宠爱她，像个母亲对孩子。

艾玛一惊，移回寻找七月踪影的眼睛然后看向简，她问：为什么这么说？

不知道，只是感觉。艾玛姐，你难道不觉得你对七月和对别人不一样么？

艾玛皱起眉头，把这半年来的日子仔细一掂量，她开始觉得，七月与她，或许有了很多别的意义。

就像，就像母亲和孩子。可明明，艾玛独身一人，不曾婚嫁。

艾玛想起了一件事。

那天，七月情绪反常，拍了一个下午，一直找不到满意的状态。之后，她去了蓝田。蓝田是艾玛常去的一家清吧。

正好那天杰瑞也在那里，看到七月一个人仿佛有心事似的喝闷酒，杰瑞不放心，就给艾玛打了电话。

艾玛是直接从聚会上跑出来的，那是个在时尚圈来说很盛大的聚会。可是没办法啊，她是七月，她是那个古怪的姑娘。

艾玛赶到蓝田的时候，七月已经醉了。酒醉的七月一脸泪水，断断续续的抽泣中，有着孩子般的脆弱。艾玛唤她：七月，醒醒，七月，我们回家。

回家。哪里有家呢？早就没了吧，没有家，没有爱，什么都没有。七月喃喃，眼泪滴在艾玛的肩上，湿了一片，风一吹，清冷冷的。

那天，艾玛把七月带回了自己的家。她给七月擦拭身体，给七月换衣服。七月的身上有很多伤，深的浅的，一道道，触目惊心。

那天晚上，一向冷硬的艾玛哭了，眼泪落在七月的伤疤上，七月激灵了一下，又陷入昏睡里。七月呓语：带我回家吧，我什么都不要，好不好？

第二天，七月很早醒来。坐在艾玛的大床上，静静发呆。艾玛翻了个身子，睁开眼睛，看见发呆的七月，清晨的光透过薄纱的窗帘洒在七月的后背上，光影交错，就像是一对翅膀。

七月，在想什么呢？

嗯？没什么，该去工作了。

那晚的事情，她们谁都没有再提起过。七月不说，艾玛也不问。她觉得，七月总有一天会跟她说的，说说那些秘密和心伤。

艾玛姐，你在想什么呢？简见艾玛一脸的萧条，以为自己说错了话。

没什么？只是觉得那个丫头真是惹人爱得很。

三

你什么时候回来？

再过段日子吧，这边的事情还没处理好。

可我想你了。

乖，我尽快。

简望着手机屏幕上的人像叹了口气，随即把手机甩进沙发里。

心情不好么？七月仔细地擦拭着镜头，她对她的家伙事儿很用心，比对她自己要用心得多。

没有，只是觉得无聊。简往绵软的沙发里一靠，顺手拿来一个抱枕丢给七月，继续说：来，歇会儿吧，我们聊聊。

聊聊？

对啊，认识那么久，咱们还没怎么聊过天呢？

你知道的，我没什么可聊的。七月把镜头盖盖好，小心收进包里。

你这个人还真是奇怪。说你傲吧，你对谁都没敌意，说你怪吧，你也算知情知礼，可不知为什么，我总觉得你有故事。

谁又没有故事呢？人活着要走那么长的路，见那么多的人，想说的不想说的，思量多了，就有了故事。简，你能说你没故事么？

你……

所以，别打探。就像你，从你第一次出现在我的镜头里，我就在你的眼睛里看到了故事。可我不会问。因为，我喜欢你，不会去做那么唐突的事情。

简一下子就无语了。她看着七月，觉得她一定是驻颜有术，不然，她就是长了一颗七窍玲珑心。

七月，我做你的姐姐吧。简如是说。

很多真情意是不需要认定一种关系之后才存在的。简，就让我们做简和七月吧。就像七月和艾玛一样。好不好？

好。

从那天起，简把七月放在了心里，当做了珍爱的人。她没有去想，是否七月也和自己一样。

当然，在七月的心里，她早已是把简和艾玛当做了亲近的人。只是，这种亲近中，她保有原本的矜持。

简问艾玛：为什么我们离她很近，却总觉得很远呢？

艾玛回：因为她自己把自己也丢得太远。

孟回来的那天，是七月的生日。七月七日。

简说：这个日子很不吉利。话没说完，就被艾玛凛冽地瞪了一眼。

七月笑：这没什么。生日嘛，自己又做不了主的。

简给孟介绍七月：来，认识一下，“微”的首席摄影师。年轻吧。

孟的神色有一瞬间的不自然，不过只那么几秒钟的时间，之后，他伸出手，对七月说：你镜头下的简很美，那种美别人没有发现过。

七月只是轻轻浅浅地瞥了一眼孟，旋转的灯光在七月的脸上停了两秒，可只那么两秒，便把七月眼光里的笑，映出了嘲弄之色。

七月说：我是七月。

看着七月的孟，显然是有些惊愕，对于“七月”这个名字，他有一瞬间的无从揣度。他原本想问些什么，可嘴巴张了张，最终什么也没说出口。最后，他有些无措地点点头，便随即把头歪向暗影处。

那天，一群人玩到很晚。先是去曼陀吃饭，吃完饭去天心 K 歌，最后又去蓝田小酌。总之，那天的人们有些疯狂，艾玛也是，全然没有了平日里的强势和清傲。七月喝了很多酒，一直很安静地喝酒，间或把玩桌子上用来放蜡烛的陶艺烛台。七月说她记得她母亲就是做陶艺的，各式各样的陶罐，古拙又美丽。她说，做陶艺时的母亲是美的，那种不染尘的美。

那晚，七月说了很多有关母亲的事。但最后她却说，她是不知道母亲的样子的，她所了解的母亲，都是来自父亲的日记，一摞厚厚的，纸张孱弱的日记。

艾玛问七月：那么你呢，除了母亲，你的生活呢？

我的生活？一间房子，一张沙发，生活其实不需要太多东西，东西越多，越拥挤，人就会越寂寞。

艾玛有些听不懂这个古怪丫头的话，她以为七月是喝多了，又或者，是自己喝多了，便没再继续问下去。

那晚，孟的眼睛一直尾随着七月，就像是铁器遇到了吸铁石，像是一个久违的恋人和自己的挚爱重遇。总之，他的眼神被七月牵引着，移不开半分。简只顾着玩乐，没有注意这些悄然进行的故事，可艾玛却全看在了眼里。

艾玛担心了，担心简伤心，更担心七月受伤害。她自己衡量了一番，竟觉得七月在心里的分量更重些。

艾玛和简都醉了，七月却很清醒，和她一样清醒的，还有孟。

你……你叫七月？孟定睛看着七月，问。

是的，七月。

七月初七生日？

是的，七月初七生日。

那你……

孟先生，简醉了，你送她回去吧，艾玛交给我。七月打断孟的话，喝完最后一口酒说。

好吧……你也喝了很多，能行吗？

七月笑了一下，没有再说话，直接扶起艾玛往外走，孟也起了身，左脚刚上前迈了一步，思量了一下，又退了回来。

凉生——

孟迟缓地喊出这个名字之后，嘴唇不受控地抖动着。

扶着艾玛往外走的七月在听到这两个字之后，脚步突然停住了。不过，也只有那么短短的几秒钟，随后，她说：孟，你醉了。

站在七月身后的孟，看不到七月此时的表情，昏黄的灯光下，七月单薄的双肩倔强地挺立着，一如多年前那个固执倔强的孩子。孟的眼眶红了，喃喃低语：七月，凉生。凉生，七月。

那晚，孟把简送回公寓，破天荒的没有留宿。他把简抱到床上，坐在旁边认真看了好久，他第一次发现，他和简之间，似乎没有爱。之前，他一直有些想不明白，他们却在一起两年，到底是为了什么而在一起。而在看到七月的那一刻，他才恍然，七月和简，有种莫名的相像。原来，他一直不能忘记的，还是那个背负着一身伤，却不许别人治疗的七月。

四

再次见面，是在七月获得年度最佳人物摄影颁奖晚会上。那天，孟作为传媒界的传奇人物以颁奖人的身份亮相。他们两个，并排站在领奖台上，他为她颁发奖杯并赠送鲜花。

艾玛坐在台下，身边是简。

你很喜欢七月？艾玛问简。

能让你抬爱的人，我如何能不喜欢？简说完，笑着看向那个镁光灯下眉目之间仍无波澜的七月。她觉得七月一定是个足够冷血的人，不然，如何在任何情境下，都可以不露声色，云淡风轻。

简思索着，眼光一转，看了一眼孟，只那么一眼，她的心便有些不安了。因为，孟的那双眼睛，正望着七月。女人的感觉，通常是最为敏锐的，尤其，当这个女人深爱着那个男人的时候。所以，那一眼，她觉察到了一种危险，就像是一只蝎子，无意间流出了有毒的体液。

简，简……

艾玛连叫了数声，简没有回应。她的眼睛，盯视着台上的人。那眼神里，有种复杂的情绪，有嫉有不甘，还掺杂着一些些的落寞。艾玛意识到，有些故事似乎要提前拉开序幕了。

晚会后的第七天，天空又开始飘雨。

整座城市被笼罩在一种抑郁的气氛中，空气冷清，街道沉闷，就连往日热闹的格子间，也变得沉寂下来。

艾玛一大早就到了社里，刚坐定，咖啡还没来得及喝上一口，七月便如鬼魅一般来到她的面前。

我需要些时间。

现在？

对，马上。七月说完，正打算往外走。

七月。艾玛叫住了七月。

七月转过身，看着艾玛。她觉得艾玛看向自己的表情有些怪怪的。她问：怎么了？

没，没事，就是问问，需要多久？艾玛有些支吾，很显然，有些话她还没有做好说出来的准备。

不知道，或许，等雨停了，或许，再久一点。七月的声音很低，像是说给自己的喃喃自语。末了，她又提高了些音量，说：艾玛，对不起，我最近好像没有工作的状态。

艾玛摇摇头，她知道自己不能说些什么，她发现，很多拒绝的话，她总是无法对这个古怪的姑娘说出口，从一开始就是如此。开始的时候这个姑娘说：我来应聘摄影师。艾玛说：好。

一个字，一说出，竟然堵住了所有的退路。艾玛能做的，便也只有苦笑和摇头了。

走出“微”，天空是阴沉的，雨，没有停。

街道上，没有什么行人，各色的雨伞稀落着移动。

古怪的七月就那么失魂落魄地走在街道上。米白色的麻布衫子，灰色的麻布裤子，脚上是一双穿了很久很久的白色帆布鞋，很显然，如今已经成了灰白色。她的头发已经很长了，不再那么张牙舞爪，服帖地垂在肩上，看上去，像个乖巧的孩子。

雨不大，却足以打湿她的全身，可她依旧缓慢行走。她觉得她需要想一些事情，她已经很久没有认真去思量一些东西了，当然，除了摄影。

她想到了孟。

一周前的一个晚上，孟接到艾玛的电话，说七月在蓝田喝多了。

那一晚，孟把七月背回家，就像是很多年的很多个晚上，他总是会背着一个酒醉的女孩回家一样。那一晚，七月不停地说话，很多话。

怎样都好。在一起，吃饭、睡觉、说话、沉默、你看我我看你、做爱。只是，请别说你爱我。

这是七月酒醉后说给孟的话。七月抬着一张脸，脸上全是泪，像是仰着头淋了雨，每寸肌肤都是潮湿的。

孟拿毛巾给她擦，擦完了，又有新的泪水流出来，像是坏掉开关的喷水头，没有办法止住。

不知道过了多久，他们在猩红色的沙发里相拥入眠。什么时候睡的，孟不知道，什么时候醒的，他也不知道。他知道的是，七月的开关修好了，她的眼泪，没有再流出来。

天光微明。窗外的星星挂在月白色的天空里，遥远而清冷。

案几上的台灯还亮着，光色昏黄，像是影片里的旧时光，带着一层钴蓝色。

孟坐起身来，看着睡梦中的七月。她的脸色苍白，嘴唇很干，有深一道浅一道的裂痕，暗红色的血迹在裂痕中成了硬块。她睡着的样子似乎不太轻松，眉头紧锁，睫毛一下一下神经质地颤动着。

孟苦恼地摇摇头，他觉得七月连睡觉的时候，都是满腹心事。这个古怪的姑娘啊，他用了那么长久的时间，似乎也没有走进她的心里。

为什么不能说爱她呢？孟皱紧眉头，仔细地打量着七月那张冷清的脸，他们曾经在一起那么久，他们在彼此的身体里已经居住了那么久，他们一度想要把对方揉进自己的生命里，是的，他们一直那么——相爱。

可是，他们也已经分别太久。久到他看她的模样有瞬间的陌生。

清晨，七月醒来，眼睛刚睁了一下，她嘴里气急地骂了一句。随即，她掀翻了床。

跌落在地上的孟，显然是没碰到过这样的局面，坐在地上，许久都没有缓过神儿来。

马上整理好你自己，离开这里，再也不要出现。七月从脚边捡起一条披肩，胡乱地把自己一裹，进了书房，没有再出来。七月想，事情不该是这样的，他们已经回不去了，现在他是孟，他是简的孟。

影片可以后退，CD 可以倒带，字写错了，还有改正液，可他们的故事，一旦终结，不可能再继续了。七年前，她就明白。

五

七月，我们谈谈吧。

七月一抬头，看见的是简。她手里提着一只木箱。几日不见，她明显瘦了许多，貌似精神也有些萎靡。隐隐的，她已经猜到了简的来意。

七月点点头，她觉得一些事情发生了，就没有必要回避。

去你家吧，你先换身衣服，免得感冒。简把伞倾向七月那边。其实简也不知道自己心里是怎么想的。她不禁开始怀疑起了自己对孟的感情，难道真是那种可以厮守一生的爱吗？突然，她第一次有了这样一个认识，在一起生活那么久，他们彼此间，从来没有说过一句与爱相关的话。他们在一起夜夜缠绵，在黑暗中各自摸索自己需要的那点激情，可是此外呢，他们甚至连公开出行的回忆都不曾有。原来，由始至终，她和那个被孟念念不忘的凉生的较量，就是一场错误。

七月换好了一身翠色的罩衫出来。她赤着脚，头发还没有干，一张素颜上，毫无情绪。

你和孟在一起了。简没有用疑问的语气，她是在陈述一件已经发生的事情。说这句话的时候，她没有看七月，端起咖啡身子往后倾斜了一下，然后喝了一小口。

你想听我说吗？

想。

十年前，我们认识了。

比我想象的要久。

是啊，时间总是比人理性。不会推迟，也不会快进。那时他还是个不入流的穷画家，我也居无定所。我们在一起度过一些日子，不过如今细想一下，那些日子似乎不能算是爱情。我和他就像两朵各自飘零的花，渴望着靠近，却总是在远离。七年前，我离开他，之后，我们再也没有见过。直到那天你们为我庆祝生日。

简握着咖啡杯的手，剧烈地抖动着，咖啡溢了出来，落在米白色的沙发上，痕迹明显。

对不起。简慌忙放下咖啡，拿起纸巾慌乱地擦拭着沙发上的污迹，和她的动作一样慌乱的，还有她的表情。

不用擦了，有些印迹一旦存在，再消除就很难。简，我和孟已经不可能了，而你们，还可以继续。

七月。哦，不，我应该叫你凉生。

七月怔住了，看着简，她说不出自己在听到这个名字的时候，是震惊，还是疼痛。总之，她一下子跌坐在沙发里，一张原本就没有什么情绪的脸，显得更加冷了。

如果你是七月，如果你和他只是发生了些什么，我不会来找你。可你是凉生，你是孟在睡梦里念念不忘的凉生。我跟了他两年，听了两年的凉生。我知道，他心里住着一个人，可我不介意，他不说，我不说，我们就可以继续下去。可是，现在不一样了，凉生在，我成了那个多余的人。你们的世界，我插不进去，从一开始，我就知道。

简，不是这样的。

是的，我知道。七月，来见你之前，我想了很久，想着要来做什么、能做什么，想到最后，却发现我最想了解的，竟然是孟和凉生的故事。我想知道，到底是怎样一个女人，可以全全满满地占据着他那颗心。

只是，简不知道，她想要了解的这个故事，就像凉生的名字一样，生生冰凉。

六

他们是在火车上认识的。她是背着行囊四处为家的倔强孩子。他是以画画糊口，却梦想着要在全世界开画展的落魄男人。

他们坐在空气污浊，充斥着各色清苦人的硬座车厢里。他们要坐近四天的车程到南京。

他问：你是去旅游？

不，我是在走路。

这么大的包，很重呢。

还好。一个人的家，多少有点重量才是。

家？

对，背包里有我的家。

然后，他不再问话。他觉得这个女孩很有意思，他想要多了解一些，可是，了解的前提是不能让她对自己厌烦，所以，他打算闭嘴，等待一个比较好的时机。

无聊的间隙，他拿出画板，无心之举，就把对面的她画进了画布里。

还不知道，自己可以这么好看。她先说的话，她的眼睛，扫了一眼他的画板。

别……我是说，我应该先征求一下……

没事。

你喜欢？

还好。我还从来没有这样好好看过自己。

到了南京，他们互留了联系方式。

她找好了房子，打算在这个城市落一下脚。他来看她，带着画板，还有酒。因为她说，她喜欢伏特加的味道。

他们经常见面，在她的住处，他来画她。他们交流很少，偶尔盘坐在窗下的地板上喝酒、抽烟。

第七次，他画她的半身像。他一面观察，一面说：说说你吧，生活或者爱情。都好。

她笑，笑得很唐突，那种无遮无拦的大笑。然后她说：生活过得无法无天，拖拖拉拉。至于爱情，那是糖果，我不喜欢糖果。

甜蜜的东西才会令人向往。那是美好的，不是么？

不是。甜蜜的东西只会引发欲望和疼痛。糖果吃多了，牙齿会痛，爱情陷深了，痛得不只身体，还有心。

话题似乎变得有些沉重，之后，他们便不再说话。他专注于他的画笔，雕刻她的眼睛。她看窗外的雾色，无声无息。

时间有时候像一匹绸缎，光滑得什么都留不住。留不住贪恋，留不住凝视，连叹息都顺着表面滑了下去，连个声音都没有。

她穿上衣服。很薄的丝，连肌肤的毛孔都掩盖不住。黑色的蕾丝内衣，包裹着冷却的铁。她通身的亮色，集中在她唇色的红。像是血，凝重的血。

我像幽魂么？堕落的，像巴黎街头夜色中的女人。我不喜欢用不道德的词，却极爱。

不，你像天使，像最单纯的孩子。只是，你不屑于此。

她觉得他是个不错的人。布衣布鞋，留一抹小胡子，头发有些凌乱，眼神很无辜，像一只鹿。他每周四下午都来她的小屋作画。画她，各种各样的她。

哭泣的，悲伤的，凌乱的，诱惑的。像黑暗的魔鬼，像最单纯美好的孩子。

他说：你的眼睛真美。

她听了笑，笑得睫毛上闪着点点晶莹。

除了偶尔坐在一起喝酒抽烟，他们从不近距离地交谈。正对的两面墙，他在门口的位置，她靠在窗前。他们从不开灯，唯一的光线来自那扇窗。

房间里总有暗色的影子。有时候很短，有时候很长。窗台上布满了烟蒂和烟灰。他喜欢看她抬着下巴吐烟圈的姿态。他说：你的下巴很性感。

她听了只是笑。她喜欢酒，喜欢伏特加的味道，辛烈而刺激。

她不要任何报酬。只要他每周四的一瓶伏特加。有时候她也会想：他们应该认识了很久。老旧的橱窗里，摆了一排空瓶子，里面插着白色的山茶花。

他不想给她买酒了。所以他说：换其他的可好。

不好。不如，你去画其他的如何。

他作罢，依旧是伏特加。他觉得自己不喜欢她的嗜好。可也只是不喜欢这种嗜好。其他的，他有些贪恋。

渐渐地，他着墨的范围少了，只专注在她的侧脸和手指。他说：她们真美，像一件艺术品。

艺术品是冷的，我也是冷的，她们都是。她用手指划过肌肤说。

我很抱歉。我好像爱上你了。

第一次，他掀起画布，越过画桌，想要靠近光影中的她。

她摇头。

嘘——别打扰了阳光。她将食指竖在嘴边，如此说。而后，她伸展双臂，面向阳光，用力呼吸。

相信我的话吧。看着我的眼睛吧。我说我爱你。他喊，像是一个虔诚的信徒，他在她面前跪下，跪在一面阳光上。他的身子，瞬间成了金色。

可她无动于衷。她冷漠的时候，就像一块冰，比冰还冷。

她说：你应该来点伏特加。

她留他过夜。碰杯，说话，越靠越近。

她第一次这样看他。看他碧蓝的眼眸，像是翠鸟的颜色。看他深陷的眼眶，如同欲望的黑洞。

她捧起他的十指，来回翻看。红色的烛焰很安静，她的脸颊在烛光下散发着美好的味道。

他们真神奇，不是么？她抚摸着他的十指，惊叹。

不，他们很干涩，他们在枯萎。最后，会变成一堆粉末，灰色的粉末。

我知道。他们是渴了。

那么，请你救救他们吧。你是慈悲的神。

哦，不。先生，你错了，他们需要一杯伏特加。你看，那些液体同样拯救过我。

之后，在很多没有星星的夜晚，房间没有开灯，他们在黑暗里相互摸索着碰杯、喝酒、说简短的话，然后做长久的爱。

她说：怎样都好。在一起，吃饭、睡觉、说话、沉默、你看我我看你、做爱。只是，请别说你爱我。

他们在一起有多久了呢？三个月，还是五个月。时间真是奇妙的东西，会让人变得思维不清晰，所以，即使犯错，也会抱着一些过些日子就忘了的侥幸心理。

就这样，他们之间，不说爱，不说感情，只是累了，倦了，寂寞了的时候，对对方说：来我这里吧。

爱情到底是什么东西，他们似乎并不清晰。他们只想就这么相互依靠着。天冷了，依偎着取暖；寂寞了，抱着彼此的身体去填补那些空洞。就像是渴了想喝水，饿了想吃饭一般，他们彼此相互供给着。

那天，天空，是一片清寂的蓝。

傍晚的郊外，没有街灯，没有车鸣。

田野里的野草在低沉地唱着歌。

自由的风懂得野草的悲凉么？林间的婆娑懂得凉月的清苦么？她看着，听着，然后静静地问。

它们懂得，所以唱和。他回答，声音沉静，像是一颗石子落进深水湖的声音，很深，很沉。

睡不着的时候，我总渴望走出这座城。这座繁杂喧嚣的城。在这里，孤独总是那么深刻。像是青铜器上的怪兽。狰狞，清晰，深刻。

她念着，像一个迷失在城堡里的孩子。

风中索索作响的草，是寒凉的语言。她把披肩紧紧裹在身上，仿佛看到了恐惧和寒冷。

很冷么？他问。然后伸出一只手，揽住她半边的身子。

她抬头看他。夜色融进了眼睛，她看不清。只看到了他尖挺的鼻梁下的暗影，还有月光下光洁真诚的额头。

画完最后一幅画，带我走吧。走得远远的，丢下这座城的繁华。她剧烈地喘息，仿佛这是座极度缺氧的城。

多远才是远？

草自由生长的地方；花儿自由绽放的地方；种子随意洒落的地方；风在蓝天和云朵的缝隙里穿行的地方。那些，梦想可以自由飞翔的地方。

她像是唱着一支歌，噙着灼热的泪水。她说：其实，我走过很多地方，只是想找到一个可以放置灵魂的家，可是，我找了那么久，找累了，那个地方还没有出现。我不是颓废的人，我只是不知道生命该以怎样的方式存在而已。

谁又知道生命该如何存在呢？那些看似自由的万物，那些执意生长的生命，那些来了又去了的风景。那些走了便不再出现的人，一如她的母亲。

你的梦想太多，所以你是悲伤的。

他叹了口气，猛抽了一口烟。她闻着他身上烟草味混合着颜料的味道，她伏在他的怀里，贪婪地呼吸。她越来越看不清生活的样子了，就像每天清晨起来，她不敢看镜子中的那个人。她觉得那不是她，那模样，每日每日变得陌生。

生活该是具体的。可她的生活，是虚拟的，就像黑暗折射的光影。

给我点支烟好么？我的肺是空的。

他似乎没有听懂她说这句话的意思。所以久久看着，没有行动。

她突然觉得自己好狼狈。耸耸肩，她躲开他的臂膀，佯装轻松：嗨，给我点支烟吧。

他摸索着，递给她一支细长的烟。火柴在静默中嗤的一声响，火苗蹿起老高。

她猛地抽了一口，很急，呛得一阵咳。

你该少抽点烟。

其实，我并不爱烟。看，抽烟总是让人清醒，我不喜欢。

那么，酒呢？

我爱酒。爱她的颜色，爱她滑过喉口的短暂灼热。喝酒让人觉得温暖，我可以借助她约会一个梦。那样，我就可以梦里看到我想念的人，还有我想要的温暖。

那么爱情呢，她是冷的?

她是暖的。

可是，你讨厌爱情。

不不，你错了。我在等待爱情。等她来了，我的天空就会亮了。

她想等一个如她父亲一般，愿意用一生去收集母亲故事的人。她觉得那样的爱情，才是安妥的。

那天之后，她消失了。

他去她住的地方找她。一个星期，没有回应。门锁着，门里面，全是寂静。他以为她离开了，去找她要的远方，那个草自由生长的地方；花儿自由绽放的地方；种子随意洒落的地方；风在蓝天和云朵的缝隙里穿行的地方。那些，梦想可以自由飞翔的地方。

他蹲在楼道里，黑兮兮的，就像是她的表情，她的眼睛。相处那么久，她的世界对他而言，还是那么陌生。

半个月后，他又来到她的住处，在门外等了一天。夜幕降临的时候，他的电话响了，是她。她说：你来看我吧。

汽笛声喧闹着，还有迷乱的霓虹。他在灯红酒绿中急速穿行，然后看到她在笑。她的烟熏妆花了，流出黑色的泪。他觉得她的笑把他的某个器官撞痛了。

回家吧。他伸出手，小心翼翼地扶着她。声音很温暖，没有丝毫的责备。或者，他本身也不具备责备她的立场。

没有床的家还是家么?

她抬起头来，样子很苦恼。仿佛，这是一个很严重的问题。

他沉默了，不知道该怎样回答她的问题。其实，她总有许许多多古怪的问题。她说雪茄总是说一些伤感的话；她说云朵把太阳气走了，天空就哭了；她说没人送给她一捧新鲜的泥土，所以她一直两手空空；她说伏特加喝进口里，从眼睛里跑出来，所以又烈又苦涩；她说画像更是骗人的，画出美貌和热情，却画不出死掉的灵魂和恐慌的心。

她说了很多。很多他记得，很多他又忘了。

他送她回家。夜已经深了，这座城市依旧热闹。

她把手伸出窗外，风把她的头发弄乱了，一种颓靡的性感。他担心，便关上车窗。她固执，又打开车窗。往复几次，他索性腾出一只手来，把她揽在怀里。

他第一次显得这样蛮横，不给她挣脱的余地，把她带回家。

十九楼。灯亮了，两个身影，有些交叠。

他把她安置在猩红色的大沙发里。她蜷缩着，像只黑色的猫。

他打开牛奶，找出一只汤锅，然后打开燃气。他的眼睛时不时地瞄过去。她很安静。

唉——

她叹息，然后转身。

几十秒后，又是一声叹息，再转身。

浓艳的口红在她苍白的脸上，显得刺眼。

来，喝杯牛奶。

她很乖，一声不响地喝完。

他说：让我留下来吧，我陪着你。

她抬头看他，看了很久，说：你能陪我一辈子么？何况，我没有床。

我送你一张舒服的大床。

她摇头，下巴固执地抬起来：那你能送我一个家么？

他一时怔住，不能领会她的意思。

她笑：你不能，所以，我不要你的床。

为什么？

一张床就是一个家。没有床的地方，就像一个寄存身体的信箱。

那么，我给你一张床。

后来，她的家里有了床。

他们无止境地攫取着对方的热情，似乎要把对方吸干才能罢休。这样的日子，他们过了两年多。不觉得有什么不好，他们也会争吵，叫骂，更甚至，他们用最惨烈的方式，一遍又一遍地揭开对方的伤疤。但最后，他们还会相互拥抱着，给予温暖。世界在他们眼里，成了小小的星球，而他们的世界，却成为了整个宇宙。

她说：我们就这样在一起吧。

他点头。他说：让我给你一个你渴望的世界吧，就像你说的那个远方。

一个人如果对生活有了期许，那么他的生命就会被注入生机。

她不再天涯漂泊，她把自己镜头里的世界，一股脑儿地投给了杂志社，转眼，成了一个有故事、有身价的摄影师。他安心创作，心灵被注入了爱的人，笔下便会长出爱。有人找他签约，给他办画展。他的梦想，也在一步一步向现实靠拢。

他们的未来，应该是很美好的，一切都朝着美好的地方发展。可是，第三年，她走了，走得很突然，没有告别，什么都没有留下。

杜拉斯说：爱之于我，不是肌肤之亲，不是一蔬一饭，它是一种不死的欲望，是疲惫生活中的英雄梦想。只是这“英雄梦想”让七月成了逃兵，她怕他们的依恋和纠缠，最后成为杀死对方的利刃，他们的爱，太灼热也太脆软。

七

为什么要不告而别？简问。

因为害怕。

害怕？

是的，害怕。害怕爱会越来越淡薄，害怕彼此折磨，害怕一切不确定的因素把爱情的模样撕扯得支离破碎。

七月说着，点了一支烟，烟雾缭绕中，是她一张看不出悲喜的脸。

这才是爱情，不是么？我们憧憬，我们期待，但同时我们也有太多太多的难以预知。七月，这不该成为你离开的原因。

可是……

人生没有那么多的可是。七月，人在陷入爱情的时候，往往是看不清爱情的模样。我记得你曾说过，你渴望能有一个如你父亲一样的男人，来珍视并收集你的一切。知道吗？当孟把凉生的故事收集起来当作宝贝珍藏时，我就知道，这样的男人，不会再有第二个了。

简说着，把案几旁的木箱拎起来放在案几上，继续说：从前，我一直不明白，为什么他这么珍视这个箱子，不让我碰，他自己亦不打开，直到昨夜，我才知道，原来，与你有关的任何东西，别人都是碰触不得的。这里，是他画下的与你有关的所有画像，好的，不好的，悲伤的，欢笑的，他从未错过一个镜头。

七月呆住，一行泪，从她的左眼落下。

简，你不了解。

我了解。你的父亲，你的母亲，他们的故事。其实，这些孟都知道。

七月张着嘴，想说些什么，最终却只是愣在那里。她想起了父亲说的话：从来不是爱情伤人，是我们太贪心，伤了爱。

七月低下头，像在思量什么，许久之后，她抬起脸来看着简，幽幽地说：不，简，他不知道。他只知道我母亲去世后，父亲的余生都在怀念母亲的日子中度过，却不知，他们被爱折磨。很多事情，我以为不去碰，不去看，它们就会不见。其实不是的。

说完，七月撩起翠色的罩衫，雪白的皮肤上，有狰狞的伤疤交错。简不禁惊呼出声来，手中的咖啡杯也跟着应声落地，摔得支离破碎。

之后，简了解了另外一个故事。

林默出生于一个南方小镇的制陶世家。十八岁时，便已是南方小有名气的陶艺师。林默长得美，江南水乡孕育了她的灵秀，也给了她水样的温柔。如果真要从她身上寻一处缺点，那便是她稍显敏感的性格了。可多愁善感，对于一个美丽的女子而言，好像不能算是一种缺点。

二十岁的时候，林家的门槛似乎要被前来说亲的人踏破了。小镇方圆百里，谁人不知林家有个才貌双全的林妹妹。只是那时，林默的心思一心放在陶艺上，对儿女之事并不上心。父母素来知晓女儿的脾性，便也不干预，一切就等着水到渠成。

林默二十一岁那年，被邀前往上海做艺术交流。与会期间，她认识了对陶艺很有兴趣的文字工作者秦风。秦风属于那种很招人喜欢的文弱书生。高高瘦瘦的，架一副眼镜，穿粗布衣衫。学术交流会共安排了十天的行程，秦风跟着参加了八天。而这短短的八天，在他们彼此眼中，却胜过八年。

很多故事总是会往大家期许的方向发展。十天之后，秦风随着林默回到了小镇。林家人都是识大体的人，不说也自是明白。

两个人在一起，每日耳鬓厮磨，那期间，林默制作出了许多被人赞许的作品。人说爱情是一切艺术的源泉，这话想来不假。陷入爱情的林默是灵动的，每一点儿爱的摄取，都能够催发一件艺术品的产生。

只是，好的故事，总不见得都遂人心意。

林默很小的时候就患有轻度躁郁症，随着她对自己要求的提高，她情绪反复的情况也逐渐加重。

两人交往一年后的一天，林默收到日本陶艺家作品盏邀请。彼时，中国虽为制陶大国，但在创新和传承方面，跟日本还是有些差距的。对于这样一个盛会，每一个陶艺师都是向往之的。那期间，林默把自己关在工作室，几乎没日没夜地画图纸，制胚、烧陶。站在门外的秦风，总能听见里面器皿摔碎的声音，还有林默嘤嘤哭泣的声音。

也就是从那个时候起，林默的情绪总是不受控。再加上后来作品没成功，日本之行也成了泡影，林默就像是变了一个人，易怒、爱发脾气、甚至自残。

为了照顾林默，秦风不得已辞去了出版社的工作。那时候，患得患失的林默很多疑，只要一刻钟见不到秦风，便以为他抛弃了自己远走高飞了。为了让林默心安，秦风决定举办婚礼，他以为这样一来，林默就不会胡思乱想，精神也会好点儿。

林家人当然是知道女儿的状况的，也曾劝秦风三思。只是相爱的人，总是把对方看得比自己重要。婚后，在秦风的照拂下，林默渐渐好起来。只是，这样的日子随着林默怀孕而终止了。

林默开始时好时坏，好的时候，她择菜煮饭，偎在秦风肩头说生活，说孩子，说他们美好的未来；不好的时候，她流泪、自语，一双眼睛空洞无神，用来画草稿的纸张上，满满都是绝望的字。临产的时候，医生把秦风拉到角落里，说：你爱人得的是一种精神障碍的疾病，生产后你可要尤其注意。

孩子还没满月，就被寄养在外婆家。秦风是怕林默一旦发作会伤及孩子。之后的两年，秦风基本上足不出户，因为林默的精神已经很坏了，清醒的时候极少。遍体鳞伤的林默和遍体鳞伤的秦风，紧握着最后的爱，迟迟不放。

有一天，林默突然特别清醒，她为秦风煮了一桌子的好菜。那天，苍白消瘦的她坐在门前的摇椅上，望着秦风说：风，你走吧，离开我吧。不然，你就完了。话一说完，两行泪便汩汩流下来，像似两道泓泉。

秦风恼了，从来不发脾气的他第一次对林默发了火。他说：求求你，别再折磨自己，也别在折磨我了。为了七月，我们都好好活着。

不，不，我说过，不准叫她七月，她叫凉生，是个祸星，七月七，不圆满。

病发的林默就像一个疯子，哭嚎着，竟失手用水果刀刺伤了秦风。

就在那天，秦风被闻声赶来的近邻送去了医院，而林默坠了楼。

自责的秦风从此就离开了小镇，并请求林默的母亲向七月保密，不要把林默的事情告诉她。直到许多年之后，秦风一箱子的日记被送回小镇，七月的外婆才知道那个男人已经不在了。那年，十五岁的七月终于知道了母亲的故事。

七月，我……

躁郁症，……会遗传。

……

简的脸上，两行清泪。她嗫嚅着，怎么也说不出一句完整的话。她想起孟醉酒后屡屡念到的那个凉生，那个常常坏情绪酗酒的凉生。她记得孟皱着眉头，一脸难过地呢喃：凉生，快点好起来，好不好?

凉生，其实，他都知道，什么都知道。他不说，是怕你难过，是担心你怕拖累他而逃走。他说过，你身上的每道伤他都知道，很多夜里，你睡着，他醒着，那些伤口就这么刻在了他的心里。这么多年，他从来没有忘记过你。就在昨天晚上，他坐在我床边一遍一遍地对我说“对不起”时，我知道，这样的男人我恨不起，也怪不起。遇见一份爱情，太难，坚守一份爱情，更难。来之前，孟对我说，这世界上，凉生只有一个，即使她成了七月。知道吗?艾玛也知道凉生，你生日那天，艾玛说，七月七，好清凉的生日啊！那句话，我现在懂了。

窗外的雨，还在下，简已经走了许久，咖啡也已经凉透了。米白色的沙发上，咖啡渍浅了许多。前尘往事，一个个的画面，一段段的回忆，在七月的眼前来了去，去了来。她觉得她有些想念孟的小胡子和粗棉布衣了。那时候，她是倔强的凉生，他是落魄的孟。

七月的嘴角微微动了一下，一丝笑在唇边漾开。她想着简临出门时说的话，她说：七月，我还是喜欢“凉生”这两个字，叫久了，会生出温暖。

总有那么一个人

第一次见她，是在酒吧。

人很多，闪烁的霓虹重叠着人们的影子，像是拍照时抖了一下手，只剩下一片模糊的颜色，看不出哪个是哪个。

但是，刚进来，他就看到了她，在角落里，她夹着烟卷的手托着下颚。

他们离得不算太远，隔着一段走廊。一张清汤挂面的素颜，一双看不出情绪的眼眸，和那些混迹于这里的妖艳妩媚的女人不同。

他看她，一双眼睛就像铁碰到了磁石，身子一点一点地往前挪。

阚泽，你是怎么回事，怎么才来？杨浩向他招着手大声喊。

有些事情耽搁了，怎么？你也孤家寡人，蔚然没来。他收回一双痴眼，打着哈哈掩饰自己的失态。

你觉得呢？杨浩耸耸肩，玩世不恭的模样。

还在生你的气？

女人啊，真是奇怪，心眼比针尖还小。

本来就是你不对，既然想和她有个结果，就不该再拈花惹柳的。

大哥，是你把我约到这里来的好吗？你这是怂恿我犯罪。

呵呵呵，那我不说了，这个罪名我可担不起。

阚泽说笑着，眼睛又不自主的望向了那个女人。

喂，喝点什么？

见阚泽没有反应，杨浩又问了一遍，还是没有得到回应，于是一双狐疑的眼睛顺着阚泽凝视的那条线看了过去。

之后他开始偷笑，继而大笑。

喂，你笑什么？这么夸张。

我夸张，大哥，是你太夸张才对吧？你看你，口水都要流下来了。杨浩说完，又是一阵笑。

被逮个正着，阚泽自觉很尴尬，更不知道是否该辩解一番，想了想，索性沉默了。

怎么？感兴趣？

别没正形，对了，我约了迈克谈海南那块地的事，要不要一起？

算了，你去吧，这么无聊，我还是去找蔚然好了，说不定，她气也消了。

那好，你买单，我先走了。

敢情你约我出来就是给你买单的呀？

你是我兄弟嘛。

第一次的心动，没有交集。阚泽不确定，自己是否真的动了心。一见钟情，他一直认为是天方夜谭的事情。

那一晚，他失眠了，眼前挥不去的，是她夹着烟卷的手指，它们在他面前放大，再放大。

像是被施了魔法，阚泽的脚总会不受控制地跑去那间酒吧，就想看看那个女人在不在。

点一支烟，看它在指间慢慢燃烧。祁风觉得自己一定有病，不然，为何总是痴迷于这个举动。她想起叶子的话，她说：风，和你一起久了，人也变得冷了，没了温度。

她不明白叶子为什么这么说，可她看得出叶子眼里的难过。

她问叶子：你觉得我很坏。

不，你是把自己藏得太深，想要爱，又怕爱。

祁风跑到卫生间，站在镜子前，一遍一遍看着自己，从眼角到眉梢，一点一点细端量。

转眼十几载，日子最是不经思量。镜子中的自己，眼角已经堆起了褶皱。她终于承认了岁月是一把无情刻刀，纵然她不情愿，却无力阻止这坍崩的苍老。

只是，她那颗倔强的心虽被流水年华一再打磨，却始终未能柔和。

她依旧疯狂起来无所顾忌，安静下来，悄无声息；她依旧像个孩子痴言痴语，敏感时受不得半点委屈；她依旧冷漠时像是一条蛇，不痛不痒着却重创了别人。

她叨念着：似乎一切都变了，似乎一切又都未变。

她觉得镜子里的那张脸，真悲哀。

祁风知道那个男人已经看了她许久，那眼神太过灼热，她似乎要被烫伤了。

可她还是那么垂着一双眼睛，看着自己指间的白色烟卷。对于那个男人，她打定主意不做任何反应，她在等待他眼睛里的火冷却。

可是，那人太固执，火越烧越旺。

她决定出击，她知道，他是个还算矜持的男人。

看着女人向自己走过来，阚泽的心跳突然慢了许多，他甚至不敢呼吸，他以为是自己表现得太赤裸，惹恼了这个女人。

介意我坐在这里么?

不，不介意。

为什么慌乱？为什么不敢再抬起头仔细地看她？阚泽觉得自己一向的优越感做了逃兵，在谈判桌上趾高气扬的他竟也有打蔫儿的时候。

来杯冰水。

阚泽觉得有些恍惚，这个柔和的声音是她发出来的，轻轻软软的，他好奇地抬起头，恰巧看到她抿着嘴，一双眼睛看着指间的烟卷，素颜干干净净，没有一丝情绪。

她不喝酒，不抽烟，不化妆。

如此奇怪。

你好，我叫阚泽，你呢？他试着用一种很轻松的语气，结果，他失败了，语气里有紧绷的小心翼翼。其实他想接着说是哪个哪个“阚”，哪个哪个“泽”的。

祁风。

她说真简单。阚泽想，他原本想问问哪个 qi 哪个 feng 的，最后还是没敢问出口。

你常常来这里？阚泽咽了下口水问。

好像有人说过，人一紧张，口腔中就会分泌出许多唾液。

哦，是的。

她的回答模糊，语气也模糊。

可以请你喝杯咖啡吗？或许，你不介意换个地方。他斟酌着措辞，他记得自己面对什么样的谈判都没有这样谨慎过的，他有些同情这样的自己。

不介意。

他发现她是个高明的谈判专家，四两拨千斤，不着声色的从容。

祁风看着阚泽的变化，觉得很有意思，或许，自己真的很寂寞，她想要找个人陪着她的寂寞，这样，她才不会继续沦陷。

不知不觉地插入了彼此的生活，一起吃饭，一起散步，一起坐在咖啡厅里，听老歌。

她觉得踏实。

她觉得两个人比一个人好。

她对自己说：就这样吧，去尝试新的生活。

渐渐的，她开始微笑，听他讲幽默的故事。阴暗的房间里，厚厚的窗帘第一次拉开，阳光第一次照进来，照在她的身上，她的脸上。他们在慢慢靠近着，虽然有些慢。

门铃响的时候，祁风还在对着镜子发呆。

直到门铃响了三遍，她才如梦初醒，用手胡乱的抓挠了几下头发，又把嘴角习惯性地扬起来，然后才去开门。

你再不开门，我可真要报警了。阚泽一脸担忧的神色，一进门就开始声明。

有这么严重么？她紧了紧眉头。

当然，你记性这样不好。万一你忘了关煤气，又或者……

原来在你眼里，我没有一点儿的自理能力。她说完，低头叹了口气，心情没来由的一阵低落。

他听了这话觉得有些不对，转过身仔细打量着她：她的头发略显凌乱，看上去还没干透，额前的刘海紧贴着她光洁的额头，她的长睫毛低垂着，看不到眼睛里面的情绪。

不开心么？他抓住她的胳膊，轻轻地把她揽在怀里。这是他习惯性的动作，但这个动作通常也是他无能为力的体现。通常在他不知如何安慰，又想给予呵护时，他才会安静地把她揽在怀里。

她在他怀里像只安静的猫。

我好像老了。她轻幽幽地说。他却感到了惊惶无措。他不知道这个总不按常理出牌的小女子又在想些什么。

怎么会这样想?

不知道。只是感觉。所以，想做很多事，特别迫切。

做什么呢?

做从前没做过的事情。比如，尝试着给自己一个家，找一个爱人，建座房子。做一餐丰盛的晚宴，给他跳支舞，或者唱支歌。和他一起荡秋千、温茶、煮酒。看，已然这么多了。生活很琐碎，远远不止这些。

你是真的愿意?

是真的。突然害怕赶不及安排这些。你看，时间总是这样快，我怕它把我带走了。

她像是没有睡醒的孩子，说着毫无逻辑的言语。可是，他却明白，明白她的惊恐和慌乱。他拍着她的肩，小心安慰：都会好的，你知道的，一切都会好的。

他把她放在沙发里，盖上一条薄毯。

他用手指轻柔地整理着她耳边的长发，说：等天气再暖一些，我就带你出去。

去哪里呢?

去你想去的地方。戈壁、森林、雪山、破败的古堡，哪里都好。

她听了，不再说话，因为不知道说些什么。又或者，她从来不知道要把他放在生命中的什么位置。很长一段时间了，他们很亲密，彼此挂念到毫无保留的给予。然后呢，她不知道。

见她神色为难。他知道那些语言有些不合时宜。于是跳过话题问道：还没吃饭吧?

嗯，昨晚想去超市买些奶和面包，结果因为太懒就没出去。

那昨晚也一定没吃饭了?

吃了一个甜橙，倒也不觉得饿。她小心翼翼地抬起头，她是怕他生气，通常只要自己不好好吃饭的话，他都会生气。

但这次，他没有生气，而是自己找来了围裙，一声不响地打开冰箱忙活起来。

她俯在沙发背上，看着他的背影，骤然觉得心里酸酸的。

马上就要五月了，从窗外溜进来的风很是凉爽，明亮的房间里，有清新的味道。

她去阳台侍弄着自己喜爱的绿植，他在开放式厨房择菜煲汤。向阳的客厅里荡漾着《月光海岸》的旋律，一切都显得那么安静。

修剪完最后一盆罗汉草，她放下手中的剪刀。回头的时候瞥见了吊篮旁边的酒杯，里面还有一些红色的液体，杯壁上的红色已经凝固，像是一道道的泪痕。

定是昨晚喝多了，才会有上午那阵莫名的惆怅。她如是安慰着自己。

怕被他看见，她慌忙把那只酒杯收了起来，放在书橱后面。

有这个举动的时候，她发现自己似乎和从前不一样了。

是不一样了。不知道从什么时候起，她开始考虑他人的感受了。比如，失约了会觉得歉疚，爱莫能助的事情她会愧责，被人惦记她学会了感动，惹别人不开心了她会觉得难过……

但从前，她对这些事情从来都是漠不关心的。她会觉得这原本就和自己无关，就像眼泪、伤心、难过、不能自拔的低落从来都是自己一个人的事，与他人无关一样。

而现在，似乎许多事情变得不一样了。就像刚才她把酒杯藏起来一样，就像上午她刻意回避话题，怕他伤心一样。

这是她从前没有想过的，似乎她一直习惯着过这样的日子。

她忽地想到了叶子形容她的话：很多时候你就是一个冷血的妖孽。

冷血的妖孽。这个词，好像真的适合她。她如是想。

西芹百合，蒜蓉芥蓝，鲫鱼豆腐汤。

这些都是她最喜欢的菜，他的手艺已经到了炉火纯青的地步。对此，她很是不安。觉得一个男人肯费如此心思为了一个女人日日泡在厨房重复着这几样菜色，当真是一件很让人动容的事情。

可她，想不出该如何感激。

饭好了，洗手吃饭。他一边解下围裙，一边招呼她。

她听了，朝他笑了笑，说：嗯，马上来。

洗完手擦干，她先跑到书房，拿出咖啡色的记事本，翻到空白的地方，认真写到：4 月 25 日，天气晴朗，阳光温暖，他在厨房做菜，她打理盆栽。然后，一起吃饭。她说五月快要到了，日子暖了，人也暖了，我们都会好的。

写完这几句话，她满意地合上本子，又把它放进那一排放满记事本的格子里。

她想在五月给自己安排一次出行。不知为何，她总是对五月情有所钟。她想把这个想法告诉他，可如果他执意一起呢？她有些迟疑了。

想什么呢？阚泽把盛好的汤递给她，笑着问。

没什么，只是觉得你来之后，这个家有些不一样了。

怎么不一样？

明朗了，而且，也温暖了。她抬头看他，接过他递来的汤，笑了笑：突然觉得这样的生活挺好的。

一切都往好的方向发展。祁风的房间不再那么寂寞。阚泽做单身贵族的想法消失得也很彻底。

杨浩说：你不是抱定独身主义的吗？你不是觉得女人统统都是很麻烦的动物吗？

阚泽不理会，手握着方向盘悠闲地哼着歌。

送我去蔚然公司吧，我懒得回去开车了。

我还要去菜市场呢，上次特意嘱托老板帮忙带的鱼，必须趁着新鲜做出汤来才好喝。

耽误不了你太多时间，你就好心拐个弯呗。

你还是打车吧，我给你付车钱。阚泽说着，靠着路边停下来，那样子看上去没有半点儿可商量的余地。

还没怎么着呢，就成一煮夫了，时间长了，那还了得。杨浩噘着一张嘴一边念着，一边不情愿地下了车。

阚泽手托着下巴，朝着杨浩笑了笑，那一笑，直让杨浩浑身起鸡皮疙瘩，他心里想，这哥们真是没救了。

以后的日子，一起买菜，一起做饭。偶尔，两人去看一场电影，或者找个能看书的茶馆消磨一个下午。

祁风的家不再那么清冷冷的，冰箱里也不再空荡荡的，被冷落了很久的碗筷总算是见了天日，碰撞出一个有烟火味道的家。

如果我说，对你是一见钟情，你信不信？吃完晚饭，两人坐在沙发里，阚泽突然很认真地对祁风说。

信。

理由呢？

不知道，你说了，我就信了。

他听了，还是傻傻笑，她是一个冰雪聪明的女子，很多话，不需细说。

叶子，我要结婚了。叶子听得出，电话里的祁风是喜悦的。

他懂你。

嗯，很幸福，真的，从前从来不敢奢望的幸福。

我一直都相信你会幸福的，只要你肯给自己一个机会。

谢谢你，亲爱的。

风，记住，别把自己隐藏得太深，要学着走出来，看太阳和天空。

我知道。

挂了电话，她开始笑，橱窗的镜子里，是一张洋溢着幸福的美丽的脸。

她从来不知道，自己笑的时候是这样好看。

结婚那天，天气特别好，碧蓝的天空，微风轻拂，流云朵朵，很白，很大，像一支一支的棉花糖。

杨浩和蔚然来做伴郎和伴娘。

那一天，阚泽对杨浩说：原来，幸福就是这样简单，遇见她，爱上她，然后一辈子。

那一天，祁风对阚泽说：我用一个姿势俘虏了你，你以为是你输了，其实，一开始，我就输了。

阚泽看着她，没有说话，低下头在她额间轻轻印下一个吻，他是明白的，她只是想遇到一个肯用心懂她的人。

那一天，叶子送给祁风一双艳丽的红鞋，说：试着让人生多一些色彩吧。

祁风很喜欢，郑重收下。白色婚纱，红色鞋子，走在红毯上的祁风扬着头，一脸笑。走在她身边的，是那个一低头便是百般温柔的男人。

八月里

八月里，一间水上咖啡屋。

第五次进来，江原还是没有问，那个女孩，来过没有。之前的四次，他都在等。而这次，他是来告别，和八月里告别，和古城告别，也和那个他走遍了古城的小巷，却再也寻不到的女孩告别。他想着，喝完最后一杯咖啡，他就离开，晚上九点的机票，在他的上衣口袋里安静地躺着。

先生，还是老位置？笑起来有很好看的酒窝的服务生从服务台内走出来，向他打着熟悉的招呼。

嗯。

真不巧，您没预定，那个位置已经有人了，您换个位置好吗？

他先是一怔，随后紧了一下眉头。有人了？他低声念着，接着，他像是瞬间想到了什么似的，心里突然有了一种抑制不住的窃喜，仿佛还没走下逼仄的木楼梯，他就已然看到了卡其背带裤和白色 T 恤衫。

先生。见他不说话，服务生轻声招呼道。

哦，那……那我下去看看好吗？

当然可以，您随意。

他道过谢，然后透过对面窗上的玻璃整了整衬衫的领子，又把原本服帖的头发用手拨弄了几下。他似乎很满意，看着玻璃上的影子笑了笑，头发散乱得恰到好处，没了郑重，多了随意。

站在吧台里面的女孩子偷瞟了他两眼，看他如此认真的模样，不禁眠着嘴直笑。对此，他毫无察觉，他的心思，全飞到了楼下。

下楼，木楼梯咯吱咯吱作响，他听着唐突的声音，皱了皱眉头，尽量把脚步放得更轻一些，那种小心翼翼的样子，像做一个贼。

楼梯下到一半，他就等不及似的往里探了探头，这一探头便探出了满心的欢喜。

是她，一定是她。虽然看不到她的脸，但他知道，那确确实实就是她。他目光所望的地方，正是一个女孩的背影。

卡其背带裤，白色 T 恤衫，一双棕色的马靴上，嵌着一圈铆钉。

此时，她背对着楼梯，趴在临江的格子窗上，双臂支起来，托着一张白净的脸。她仿佛在想什么心事，想得入了迷。所以，她没有觉察到他的到来，依旧一动未动。

江原走过去，走近她，在另一扇窗边站住，然后看她。他看她托着下巴望向外面的侧脸，神情漠然，安静得像是一座雕塑。

他突然想起第一次见她时的情景。在如果·爱酒吧。

那晚，古城刚下过一场雨，空气有些湿冷，一同湿冷的，还有他莫名的情绪。那晚，他转到江边，看到江岸有许多青年男女放许愿灯。一盏一盏载着温暖的花灯，在江面上轻轻悠悠地向远处漂，渐渐拢成一排，越漂越远。

一个八九岁的孩子拽了拽他的衣角，小声问：先生，买花灯吗？许个愿吧，很灵的。

女孩的小脸在昏黄的灯光下，摇摇曳曳，有些看不太清。他蹲下身来，从女孩的竹篮里选了四只花灯，付了钱。女孩很快乐，笑声清脆地对他说了谢谢。

他走下江堤，在江边停下来，从口袋中摸出打火机，一只一只点燃了花灯。他说不出自己有什么愿望。一直以来，他对生活似乎没有太具体的期待。他就职于世界五百强的大公司，工作稳定，在旁人眼里，他是个有着大好前途的青年。至于爱情，他有过，相处两年，没有觉得妥不妥当，幸不幸福，只是觉得爱情似乎不应该只是这个样子，后来，他们好聚好散，成了相互给予慰藉的蓝颜红颜。之后，他对自己说，除非遇见一眼能让自己心动的女子，否则，绝不碰爱情。

可是除了事业和爱情，一个三十岁男人的心里，还能再装什么愿望呢？他不知道，所以苦笑着，把花灯一盏一盏推了出去。但心里，还是有些期许的，感情空窗三年，到底还是介怀的。

从喧嚣的江边走上岸，抬头，就是闪着荧光的三个字：如果·爱。

是呢，如果，爱了呢？如果，遇见了呢？人生，总是会有这样或者那样的不可预知，更何况，爱情原本就是很玄的东西。

他想着，便走了进去。光线很暗，只有吧台处的灯光还算明朗。

所以，他看到了她。

她坐在吧台外面的转椅上，擎着一杯酒，一双眼睛望着小舞台上的歌者。那晚，她头顶的橘色的灯光，就像是镁光灯般，把她整个人衬托得格外美好。那一瞬间，他觉得整个世界都沉寂下来，整个酒吧里，仿佛只有她一个人存在着。她也是穿了卡其色的背带裤，白色 T 恤衫，一双棕色的短靴把她修长的腿勾勒得很美好。

她不是那种传统意义上很美的女孩，但是，她很特别。整个夜晚，他的眼睛没有离开过她，可整个夜晚，她的眼神都在望着那个唱歌的地方，由始至终，他们没有交集。他看着她喝了很多酒，抽了很多烟。

最后，她没醉，可他醉了。没来得及制造出一个可以搭讪的机会，他就趴在了桌子上。后来他想，他原可以请她喝杯酒的，或者，坐在那个歌手坐过的位置，在她的注视中弹唱一首歌。

醉意退去的时候，已经是凌晨。酒吧里，人，还是那么多。有人唱歌，有人喧闹，有人哭泣，也有人大笑。只是，她走了。

他突然有些懊恼，至于懊恼什么，他却是不太清楚的，只是模糊地认为，他和那个女孩之间，不该就这样的。带着这种说不清的情绪，他回了住处，躺在床上，翻来覆去睡不着，直到窗外的光亮照进窗子，打在他无精打采的脸上，他还是没有一点儿想要睡下的意思。他觉得，他该出去走走，或许，在某条巷子里，在某个拐角处，他会和她相遇。

清晨时分，天光微明，江面上的雾气还没有散去，青瓦上还在滴落着昨夜留下的雨，巷子里开始有卖豆花儿的老伯挑着豆花担子沿街叫卖了。抑扬顿挫的叫卖声跟着一缕雨后凉爽间杂着潮湿的微风，在小巷里不疾不徐地踱着细碎的步子悠闲而来。

巷子里，人稀少。街边的店铺，大多还是关着的。

朴拙的古城，无疑是自在的。人们自在地醒来睡去，脚步轻慢，不必追赶。是呢，生活就在那里，又何必走得太急呢。

江原走出客栈，朝着曲折的巷子看了一眼，小巷的石板路上，铺着细长的光，照在未干的水坑里，明晃晃的，像铺了金子。他伸了伸懒腰迎着清晨柔软的阳光，顺着江岸的窄道往下走。江水很清，古老的水车吱扭扭地响着，四溅起透明的水花。有勤劳的妇人在岸边洗衣服，光滑的石板上，一件件鲜艳的衣服摆在一起，木板一下一下均匀有力地敲在衣服上，是那种不慌不忙很沉静的声音。

江上面，开始有乌篷船荡出，游客三三两两地结伴而出，小城开始有些热闹起来。

在这种不知不觉游走中，江原竟走出两里多的路，直到他看到一只破旧的乌篷船在拱桥下面摇摇晃晃。

那只船真的很破，老旧的木头有了裂痕，船篷也已经老化，破损的地方显而易见。

他开始有些好奇了，脚步带着身子往船边走，越走越近，隐约中，他听到有人在唱歌。然后他看到了暗红色的裙子和灰色的上衣，他看到了赤着的脚在水里摇，看到了白皙的手腕和碧色的手镯。最后，唱歌的人抬起头，歌声还没停，白净的脸上载满了孩子的笑，阳光恰巧经过，停在她光洁的额头上。

那一刻，时光很美好。

那一刻，江原第一次觉得，缘分真的可以妙不可言。

你好，我是，我是听到有人在唱歌，所以，我……

江原企图说明些什么，可偏偏，语无伦次的语言什么也说不清了。

她惊奇地看着眼前的这个男人，歌声没有了，笑容却依然明亮。她开口说话：你确定你听到的是一支歌。

当然，《小白船》。

天，你竟然听出是《小白船》。她显得很诧异，仿佛，她自己不敢认同自己竟可以唱出一支歌来。

是我很喜欢的歌。

来，上来。女孩脸上，有一刹那的兴奋，她说着身子往里挪了挪，腾出一些地方，等待着江原上去。

这……江原犹豫着，尽管他心里十分迫切，但又怕这样的行为会显得唐突。

上来呀，这船是上面阿公家的，已经许多年不用了。她向他招招手，很是热情。

他摸着后脑勺笑了笑，笑得竟然有些羞涩，便一只手扶住船头，迈了上去。

那天，他们坐在摇摇晃晃的乌篷船上，聊了很多。对生活，对梦想，对生命。唯独，他们没聊过往，没聊灰色的话题，他们那天聊的，一如那天的天气一样，都是明朗的，欢愉的。

可不知为什么，江原的眼前，久久不能退去的却是那晚那个在酒吧里，穿着背带裤喝很多的酒听忧伤老歌的女孩。他突然有了一种异样的感觉，他觉得，这个女孩是一个谜。更要命的是，他对这个谜样的女孩着了迷。

中午时分，他们下了船，沿着窄道往岸上走，走回古城中心，苏醒的古城已经开始喧闹了。小巷里，人声鼎沸，许多年轻的男男女女结伴行走着，他们说笑、歌唱、追赶，如同一群孩子。

一个下午的时间，他们一起在翠翠楼吃午餐，一起在风情街走走停停，一起坐在水车旁听流浪歌手拍着手鼓唱情歌。快要傍晚的时候，她带他去了八月里。

那是一家临江而建的咖啡屋，他们在底层的水上木屋里，听缠绵的萨克斯，喝醉人的手磨咖啡。那天的夕阳很美，彩霞铺在碧清的江面上，也铺在了格子窗下的笑脸上。那天，江原看着女孩脸上的云霞，觉得和这样一个温暖沉静的女孩在一起，应该是一件很幸福的事。

甚至，他的眼前出现了一幅未来的图画，他们在小城里安家，白日里种花养草散步，夜里听歌看花灯。他觉得，那样日子，便是神仙眷侣，世外桃源了。

他们说再见的时候，小城的夜色已经被沿江的红灯笼点亮了。江水里映着红色葱茏，许愿灯一盏一盏从窗外漂过，渐渐不见了踪影。

她说：人是该有些愿望的，有愿望的人，大抵都很温暖。

他听了，心里一紧。后来一想，自己也是有愿望的人呢，四只花灯，点亮了一次心动。他突然想到了那个卖花灯的小女孩说的话：先生，买花灯吗？许个愿吧，很灵的。

原来，真的是很灵。

他看着她的眼睛，一眨不眨，之后，他说：我叫江原。

她听了一笑，笑得清浅，她说她行走的时候没有名字，她说，就叫我八月里吧。

之后的几天，他疯了似的，不停地在古城里游逛，为的是再次遇见那个叫八月里的女孩。

他去拱桥边的乌篷船上坐等到夕阳西沉，她不在；他去如果·爱喝了一晚上的酒，不敢醉，可她没有来。他一次一次去八月里底层的木屋里，咖啡续了一杯又一杯，结果，总是空等。萨克斯不再醉人，咖啡也变得很苦。

假期早已结束，他续了一天，再续一天。

直到，他满怀的希望，一次一次被浇灭。他生怕对她的那份记挂会因此冷却，所以第五次来八月里时，他对自己说：这是最后一次，如果不相见，他就死心。

他没有想到，这最后一次，竟然被成全。

嗨！你好。他望了她许久，终于开了口。

她很缓慢地转过身，脸上的表情有些冷清，如深秋的雨天，湿湿的，冷冷的。她看他，上下打量，目光最后停在他的脸上，她歪着头，眼睛里似乎有一层雾气，湿漉漉的，最后她才开口说话：喔？是你呀？

嗯，是我。没想到你也在？说这句话的时候，他有些心虚，所以话还没说完，头就已经低了下来。

是呀，没事的时候喜欢来坐坐。你呢，也喜欢这里？

是啊，自从上次……呵呵，上次以后，就喜欢上了这里，来过很多次，不过，不过倒是没有看到过你。他这样说着，前后思索着如何把话说得流畅一些，却是越理越乱。

坐吧，喝点什么？我请你。

不用，我，我今晚就要走了，让我请你吧，算是，算是告别。

呵呵，那我更要请你才对，当作给你饯行啊。

江原没再说话，在她对面的位置坐下来。木桌上，细长的玻璃瓶中插着一只叫不上名字的白色小花，安安静静的，很有韵致。她的手下，是一张没有完成的素描，隐约可以看出朴素的庭院，散落着盛开的花儿，门前的台阶上，有一只寂寞的猫，一棵树，伸出枝杈，还没有叶子。

服务生很快端上了咖啡。两杯炭烧，烘焙的味道很足，荡在空气里，给太过冷清的气氛，添了些许的温暖。

你好么？他问，问的时候低着头，双手抱着咖啡杯，仿佛很冷。

快好了。

他没有想到她的回答是这般的，他有点不明白这句话里的意思，仿佛意思很多，又仿佛什么都没有。他看不出她表情里的情绪，她一直在笑，睫毛一眨一眨，眼睛弯弯，一如那天她在乌篷船上的笑。可细看，似乎又完全不同。

其实，……我……我是来这里等你的。终于，他开了口，不闪不躲。

等我？

嗯，等你。其实，那天之后，我一直在找你，在拱桥，在如果·爱，也在八月里，可是，你都不在。他下了很大的决心，他想要孤注一掷，把这几天堆积在心里的所有的潮湿的话，全都说给她，他怕再也没有机会，给那些心事找个落脚的家。

那天，第一次在如果·爱看见你，和今天的你一样，背带裤，T恤衫，你的食指上素银戒圈很亮，你的短发在耳垂下面打了一个弯，你侧着脸，一直看着歌手唱歌，你的睫毛很长，你的眼睛很寂寞，你喝了很多酒，却没有醉。其实，我原本想找个借口站在你面前的，请你喝杯酒，或者给你点支歌，我不知道我担心什么，总之，我没有起身。那天，我一宿没睡，像着了魔一样，想着再次遇见你。

说到这里，他吞了下唾沫，他好像很紧张，他的喉结鼓起来又落下，仿佛，那个通道太拥挤，那些来不及组装的话，也没个顺序。

然后，我们就相见了吗？

是，是的。就是那天，那天的天气很好，阳光很好，总之，什么都恰巧的好。就在拱桥下的那只乌篷船上，你唱着《小白船》，很神奇不是吗？我还可以遇见你，我们坐在一起，聊了很多的话，我们一起吃饭，一起走走停停，一起在八月里喝咖啡。那天之后，我突然有了愿望，有了记挂在心里的期待，想着如果能再见到你该有多好，哪怕什么都不说，就和你坐在一起听听歌，喝杯酒，或者，什么都不做。

她给他续了一杯咖啡，看着他因为激动而潮红的脸，她的心里有了一种异样的感动。

曾经，她也这样满怀着热情，因为一首歌，爱上一个人，因为一种莫名的冲动，四处走，四处找，为的是一个声音带给她的对爱的憧憬。她走过很多城市乡村，听过很多歌，喝过很多酒，只是给她憧憬的那个人再也没有出现。

看着他，她像是看着五年前的自己。为了那个用一把沧桑的嗓音就将她虏获的流浪男人，她甘愿放弃自己，从前，她相信张爱玲说过的那句话，“喜欢一个人，会卑微到尘埃里，然后开出花来。”

所以，她为他洗衣做饭，用自己的辛苦为他的梦想买单。她随他奔波在流浪的路上，她曾望着天上拥挤的星星，守着一个空荡荡的房间，一宿没有合眼。她为了给他买一把心仪的吉他，跑遍一座城，然后等他睡了，自己躲在卫生间里，挑开脚上的血泡，用掉五六片创可贴。她以为，只要爱了，就义无反顾，她以为，她卑微到尘土里，就能落地生根，开出一朵花。

可是，卑微真的能成全爱情吗？卑微的爱情，真的可以开出花来吗？她走走停停，辗转四年，终于开始明白：你爱他，爱到覆水难收，可于他，却是躲之不及。所以，你的卑微，成全不了爱情，因为，他若爱你，又怎么舍得你如此卑微呢。

她清楚地记得，那是个很美好的清晨。睡梦中的她突然打了一个激灵，醒来，察觉到房间安静得有些奇怪。她一转身，床的右边空空的，伸手一摸，清冷冷的，没有温度。她摇了摇脑袋，想起他说要为自己写首歌，便没再多想，只是想着等下去楼下的阿婆那里打一碗新鲜的豆花给他送去。

睡是睡不着了，她就穿了衣服下了床，打着赤脚走到窗边，把那木格子的雕花窗一推，清湿的空气里有隐隐的水汽花香。一枝横斜的树枝带着莹润的水珠跻身进来，叶子青翠翠、水灵灵的，伸手一碰，它便打上几个滚儿，咚地一声落在窗台上，就像古人丢下的一滴墨。她至今都觉得，那天的天气好得有些不真实。之后，她去收拾衣服，打开衣橱，半边的柜子是空的。她愣在那里，身子突然就冷了下来。

她像疯了似的，把整个房间翻了个遍，什么都没有。他的衣服，他的歌谱，他的吉他，他的剃须刀、牙刷，甚至，就连他的烟蒂都没有留下。整个房间，他连一丝痕迹都没留下，干净的，仿若他从来没有出现过一般，他们在一起的那么多的日子，欢笑、眼泪、争吵、撕扯、和好、道歉，那么多情绪，就在那个美好的清晨，变成了一个不能触碰的梦境。

他走了，没有留下一个字。她用尽力气去守护的爱情，到了最后，竟无迹可寻。

你会不会觉得我疯了，在说胡话。江原见她长久地不说话，突然有些担心地问。

她摇摇头，还是笑，笑容里有种曾经沧海后的淡定和温暖。

她说：和你一样，我也曾疯了似的找一个人，在我最好的年纪，我以为那是爱，义无反顾，像一只飞蛾，明知道是焚身之痛，却也要奔赴。四年，我找了四年，跑了数不清的城市，听了数不清的歌，还有很多不省人事的夜晚，直到我找得忘了他的样子，忘了他的笑，忘了他看我的表情和他弹着吉他唱歌的声音。我才明白，原来，那只是我一个人的爱，而我们，没有爱情。之后，我开始重走那四年的路，不再为了别人，是为自己，我想把所有曾留给他的等待和爱，收集起来送给我自己，现在，这里是最后一站。

她说着突然就对着他笑开了，弯弯的眼睛里，溢着温暖。

那你收集完了么？

嗯，这是最后一个地方。多年前，就是在这里，我曾经对他说，等我们老了，找一个安静的院落，养一只猫，院子里种上花花草草，我煮好咖啡，听他唱老歌。如今，我把这些梦想收回来，放在我的背包里，送给我自己。你看，这样的日子多美好，怎么能为了一个找不到的人说扔就扔了呢。她说着，给树添了叶子，在树下几笔画出一个摇椅。她把画纸铺在江原的面前，然后托着双腮看他，笑意融融，说：看，是不是很美？

嗯，很美。

她放下手中的咖啡，看了一眼窗外，说：人，总是会走一些弯路，弯弯绕绕，以为看到的，都是美景，便头也不回地往下走，直到没了路，才发现，一开始，就选错了方向。就像我，四年的蒙眼远行，惹了一身伤，直到伤结了痂，成了疤，碰一下，不会再感到疼，才明白，有些路，是行不通的。

但路总是要往下走，不是吗？

路，当然要往下走，不过，在走过一些弯路之后，我会了解，有些路，是不能走的。江原，我不是那个可以陪在你身边的人，你对我，只是好奇，但好奇，不是爱。她说着，把画纸收起来，放进包里，安静地喝着咖啡。

可是，爱情里除了等待和寻找，更重要的是——遇见。我找过你，也等过你，这些都不足以让我确定能和你在一起。让我相信能和你在一起的，是寻找和等待之后的遇见。我们遇见了，在你把等待和爱收集好送给自己的日子里，我们遇见了，不是吗?

那又怎样?我们一生可能会遇见很多的人，动过很多心，一刹那，以为是爱了，你又如何确信你在如果·爱里对我产生的感觉不是源于你的好奇心，又或者，不是你的荷尔蒙过度分泌的结果?爱，不是仅仅靠一瞬间的感觉就能成立的。江原，爱，不是我们想象中那么浪漫的事，它不是一次遇见后的砰然心动，它是需要两个人共同成全的情感，就像，你来了，我刚好也在等。

那你现在呢，你要的爱，是怎样的?

是很长久的事情，久到我们都看厌了对方，成了死灰，却还能在死灰里复燃。这才是我要的爱。

江原愣怔，他琢磨不懂她言语中的意思，更琢磨不懂她说这些话时的笑容，仿佛，他与她，真是遥远的。

等他回过神来时，才发现，对面的位置已经空了，桌面上，放着一页纸，上面写着：等待、寻找和遇见或许都是爱的一种方式，但我相信唯有两颗心灵的遇见，才能产生爱情。江原，或许你的心是明晰的，不巧的是，我的刚刚睡醒。

给你一个远方

他打电话给苏青，电话通了，他没有说话。

说话呀。

……

你要做什么？

……

再不说我就挂了。

别……别挂。他急急开了口，两个字说得支离破碎。

说吧，你想要做什么？

告诉我她在哪？我去找她。

你不觉得太迟了么？她为你做了那么多，等了那么久，你无动于衷。

苏青的语气冷漠，他知道她在为念乔抱委屈。

苏青，求你了，我要见她，不见她，我会死。

那你就去死吧！苏青说完，恨恨地撂了电话。

2009 年，念乔爱上林白的那年，二十岁。而林白，已三十二了。

十二年，一个属相的轮回。这个差距说来有些大，大到念乔用了五年，都追赶不上。

他们说，林白是个浪子。

这话不假。那时候，林白在武陵街的小巷子里开了间不死不活的酒吧。酒吧一天到晚出入的都是一些穷鬼，没钱喝酒，没钱泡妞，却言称自己是有一颗高尚灵魂的精神贵族。

林白听了不屑，灌一口黑啤骂一句：操，穷得就剩一张牛皮了，可得仔细着用。

穷鬼们听了，哈哈一阵笑，笑完了继续喝，继续贫。

这世上，如果说真有样东西不花钱，大抵也就剩下吹牛皮了。

那天，一帮穷鬼又在穷聊。

林白抱着他的斑点猫窝在吊椅里听歌，时不时用厌恶的眼神瞥几眼穷鬼们，自己念叨：操，把爷这点家底造没了，看你们去哪里吹牛皮。

林白念叨完，腾出一只手去拿啤酒，眼角的余光看到了玻璃窗上起了一层水雾。窗外，是一场雨。

念乔就是在这个时候进来的。

喂！姑娘，我们这里不是书店。林白抬头这么说了一句，他也是好意，这样有些不明媚的地方，好姑娘真不该来。

我，我是想避一下雨，等雨停了马上走。念乔怯生生地回答，声音尤其好听。

正在神侃的穷鬼们听见有女人的声音，立马停住了话题，一个个满眼贼光地齐刷刷地看向门口。

哟，大美女啊！来来来，进来坐。穷鬼瓶子第一个跳了起来，就像哥伦布发现了新大陆似的，满眼精光。

是啊是啊，进来坐吧，瞧你，衣服都湿了。犀牛说着也站了起来，还不忘拿袖子擦擦嘴上的油。

念乔被一群不相识的人这么一招呼，不禁往后缩了缩，身子贴在木头门上，别提有多可怜了。

去去去，滚一边去，别把人家孩子给吓着了。看不过眼的林白从吊椅上跳下来，手里拿着酒瓶子对着穷鬼们一阵轰，就像赶鸡崽子似的。

哥，不带你这样的吧，咱们哥几个闷了一整天，乐呵乐呵你不至于的吧。犀牛一副吊儿郎当的样子，在林白面前来回晃了晃。

犀牛，你可别惹我。你们玩归玩，闹归闹，但规矩还是要拎明白的。

哥哥哥，别呀，别生气，我们也就是耍耍嘴，哪能干什么出格的事情呢？黑格站出来打起了圆场。瓶子和犀牛一看林白的神色，也小心赔开了不是。

穷鬼们虽然贫，到底也就是耍耍嘴皮子，但心地还是善良的。

受挫的穷鬼耷拉着脑袋又回到了原来的座位上。几秒钟没过，他们又鼓捣起他们的牛皮来，继续吹。

念乔眼神惊惧地从穷鬼退走的地方收回来，站在门口是走也不是，留也不是。

进来吧，到这边坐，等雨停了再走吧。

念乔心里有些小欢喜，抬头刚要说谢谢，却看见林白已经戴上耳机又窝进了吊椅里。

于是，念乔的“谢谢”又生生咽了回去。她小心翼翼地迈着轻巧的步子坐在了靠窗的位置上，动作轻得就像林白怀里的那只猫。

起初，念乔坐得很拘谨。一双眼睛也不知道放在哪里合适。

窗外的雨，丝毫没有要停的意思。不知道是过了多久，反正等念乔有所反应时，飘在她耳边的那段好听的旋律就那么怅然地结束了。

咦？怎么没有了呢？念乔想着茫然地转过头去寻找，依稀，她认定是从背后的什么地方传来的。

给，喝杯热茶暖暖吧。尔后，林白就这样落进了念乔的眼睛里。

一张颓败的脸上有着那么明显的桀骜，就像一匹无法驯服的野马。他的头发有些长，边缘起了波浪。他的眼睛很深，斜斜的眼角有些玩世不恭的意味。他不白净，不明朗，但在念乔眼里，他却成了不折不扣的帅男人。

喂，傻姑娘，发什么愣呢？林白提高了嗓门，把念乔吓了一跳。

我，我，……谢谢。那两个字，在百转千回之后终于说给了他听，念乔的心，通通跳个不停。

那天之后，一切突然变得不一样了。

当然，这只是对于念乔来讲。而对于林白，一切如初。

其实从前的很多日子，念乔常常路经这里，只是每每经过这里的时候，她总是逃似的躲过去。她曾看到过从里面出来一些不太良好的人，他们有时候骂骂咧咧，有时候男女相互搂抱着，满嘴的酒气。

她记得苏青皱着眉头说过这样一句话，她说：进出这种酒吧的人，大多都是不三不四的。

那时候，她不了解苏青所谓的“这种酒吧”到底是哪种酒吧。她只是凭感觉认为苏青说的是对的。那些醉得东倒西歪的人，那些一张口就大骂大喊的人，那些穿着奇装异服的人，看上去，真的不良善。

可是，那个说话好听，长相帅气的男人也是这样吗？为什么她觉得怎么看，那人都不像不三不四的人啊。何况，他还养猫呢，一个养猫的人，怎么能没爱心，不温暖呢？

所以，念乔开始盘算一些事情了。

第三天，念乔一下课，就匆匆跑进了“青鱼”。她想再去看看那个抱着猫的男人。

和念乔那天看到的一样，林白抱着他的斑点猫照旧窝在吊椅里。见有人进来，他放下手里的猫，说：里面坐吧。

念乔轻车熟路地直奔那天她坐的那个位置，她以为，他会认出她来。

你好，请问喝点什么？

林白来到念乔面前，距离她大约半米多地方。

念乔抬起头来看着林白，没有说话。她不明白，他为什么对她没有丝毫的印象，那天他明明还对她笑，还叫她“傻姑娘”呢。

嗨，姑娘，想喝点什么？林白又问。

哦，咖啡吧。你这里有咖啡的是吧？

有是有，不过都是平时自己喝的，味道会重些。

我喜欢味道重点儿的，那就炭烧吧。

林白没说什么，转身走了。他心里想，真是个奇怪的姑娘，来“青鱼”竟然要喝咖啡，要知道咖啡都是我个人私藏的呢。

那天，窗外的阳光很好。武陵街上来往的人不多，三三两两的，在窗前来去。对面路边卖烤白薯的大爷坐在藤椅子上打盹儿，太阳落在他青灰色的中山装上，竟让念乔有些穿越的感觉。念乔想，如果倒退到那个有洋车，有旗袍，有长袍大褂的年代，该多好。

那天，念乔喝了三杯咖啡，靠在藤椅上小睡了一会儿。再睁开眼睛的时候，窗外的天色暗了下来，对面烤白薯的大爷也不见了踪影，只剩下将亮未亮的路灯一闪一闪的。

念乔晃晃脑袋，又眨巴眨巴眼睛，最后转过身。林白正在吧台里调酒，吧台旁边站了几个人，小声耳语着。念乔看到灯光下的林白一会儿皱皱眉头，一会儿咬咬嘴唇，像是有什么苦恼的样子。

闭嘴，都给我闭嘴。

这是林白的声音，紧接着是酒瓶酒杯碎掉的声音。

这个傻娘们，放着好日子不过，非要作死，这下好了，这下好了吧。

林哥，你别急啊，事情还没弄清楚呢？

还要怎么清楚，还要怎么清楚，你们不是都看见了吗？

可是，可……

别说了，滚蛋。都给我马上滚。操，让她作去吧。

……

后面还有些什么话，念乔没听清。她是被吓坏了，那个大声骂着脏话，摔摔打打的男人，怎么会是那天那个抱着猫用好听的声音说她是“傻姑娘”的男人呢？

之后，过了两天，没忍住，念乔又去了“青鱼”。

那天“青鱼”很热闹，几乎是座无虚席。后来一打听，才知道有活动，好像是一些搞地下音乐的在这里演出。

那些人看上去怪里怪气的，秃头的，长发的，皮衣牛仔，就和电视里看到的那些落魄的歌手一样。念乔觉得很新奇。

她找了个靠角落的位置坐下，然后静静地等待台上的演出。她看到，敲鼓的瓶子，键盘手犀牛，弹吉他的竟然是那个抱着猫的男人。立马，念乔对林白的好感又进了好几层。

第一首歌是崔健的《一无所有》，主唱是个干干瘦瘦的男人。男人留着长胡子，乌黑的头发扎成一束马尾，随着他的一摇一摆来回甩着。男人的声音嘶哑、低沉，情绪被渲染的特别到位，听得念乔心里怪是难过。

念乔想，其实他们都是一群很有才气的人呢，虽然他们落魄，但却真实。

被气氛感染的念乔起先只是喝了一点儿酒，随着歌者情绪的高涨，她面前的酒瓶也越来越多，快要醉了的时候，她看见林白拿起了麦克风。

就那么一眼，念乔又来了精神，一双眼睛睁了又睁，似乎要把林白装进去才肯罢休。

那天是你用一块红布

蒙住我双眼也蒙住了天

你问我看见了什么

我说我看见了幸福

……

念乔觉得自己一定是醉了，不然怎么就那么不管不顾地站起来，怎么就那么无遮无拦地喊起来。她说：真好听，真是好听呢。

身边的人开始用一种异样的眼光打量她，他们或许搞不懂，这个看上去文弱弱的姑娘怎么还能这样一颗火热的心。

这个感觉真让我舒服

它让我忘掉我没地儿住

你问我还要去何方

我说要上你的路

看不见你也看不见路

我的手也被你攥住

你问我在想什么

我说我要你做主

……

我感觉这不是荒野

却看不见这地已经干裂

我感觉我要喝点水

可你的嘴将我的嘴堵住
我不能走我也不能哭
因为我身体已经干枯
我要永远这样陪伴着你
因为我最知道你的痛苦
嘟……

听完最后一个字，念乔的眼泪已经成了小溪水，哗啦啦地流个不停。念乔叨念着：因为我最知道你的痛苦。

那晚，念乔不知道自己是什么时候离开的。只知道走在大街上的时候，天上下起了雨。先是毛毛细雨，尔后是淅淅沥沥，最后竟像是瓢泼似的叫人无从抵挡。

念乔打电话给苏青：来接我吧，成落汤鸡了。

死丫头，这都几点了，还在外面混。

别念了，我在武陵街，你快点儿。

苏青开着她哥的车来到武陵街口的时候，念乔已经靠在报亭边上抖成一团儿了。

第二天，念乔重感冒，鼻子呜呜哝哝的，话也说不利落了。

死丫头，你老实告诉我，昨晚上到底是怎么回事？你是失恋了，还是受什么打击了，竟然大半夜地喝个烂醉。

我，我失什么恋啊我，我还没恋呢好不好？我就是，我就是没事去听听歌，结果鬼迷心窍就喝了点儿酒，这不，一个不留神就喝多了。

编，继续编，你有多大本事我还不知道啊，就你，还听歌，还喝酒。平时看个鬼片就鬼哭狼嚎的，大半夜你不怕撞见鬼啊？

念乔拿眼睛瞥了一眼苏青，手里不停地扯着面巾纸一把鼻涕一把泪的擦。想到昨晚的事情，念乔自己也不明白，平白地怎么就那么哭了个稀里哗啦呢，想想还真是丢人。这可这事现在还不能和苏青说，难为情不说，主要是这事儿弄得太无厘头了。

那天之后，大概又过了半个月的样子。念乔去市话剧团排话剧，剧情大概讲的是一个浪荡子和叛逆女的无厘头爱情故事。不知怎地，念乔就想起了林白，想起了那个扯着嗓子唱《一块红布》的林白，她觉得林白一定是个有故事的男人，而且那些故事肯定和爱情有关。

所以，从剧场一出来，念乔就直接招呼了一辆计程车直奔武陵街而去。

本来念乔想直接去“青鱼”的，可是到了街口心里又犯起了嘀咕：这样去好像不太好吧，之前莽撞了两次，结果人家压根儿就没认出来，这次再去，真是有些抹不开脸了。

打定主意后，念乔提早下了车，然后给苏青拨了个电话，并说自己在武陵街口等她。

远远地，念乔就看见一头毛寸的苏青迈着她那惯有的吊儿郎当的步子往这边走，念乔想，这个丫头，真是投胎投错了。

这么着急忙慌地找我干嘛？苏青嚼着口香糖痞痞地问。

念乔拉着苏青的手说：没事，就想和你一起去喝杯咖啡。

喝咖啡？苏青斜着眼睛上下瞄着念乔，她觉得这个丫头的行迹很是可疑，于是接着问：你很闲啊，怎么就突然就想到去喝咖啡了。

哎哟，你管呢，说吧，你是去还是不去？

好吧好吧，我去。是去“街角”，还是去“五月花”？苏青耸耸肩，有一搭无一搭地问。

去“青鱼”。念乔说出这两个字的时候，语气很自然，仿佛，她们就应该去那个地方似的。

“青鱼!? 念乔，你没事吧。你是说我们要去那个地方，而且还是去喝咖啡。”

那里的咖啡很好喝。

姐姐，那里明明白白地写着“酒吧”二字，你哪只眼睛看到有咖啡了，再者说了要喝咖啡你能不能去个专喝咖啡的地儿。

哎哟，是真的好喝，而且是手工的，炭烧味很正的。说完这句话，念乔突然觉得自己成了一个不太善良的人，要知道，她可是从来没有说过谎的，可现在，她竟然这样做了，而且还脸不红心不跳。

我看你是中邪了。我不去。

那我，我自己去了。念乔的后半句话说得有些没底气了。她心里想，万一苏青不去，自己就这样贸然地跑到酒吧去找林白，是不是太不矜持了。如果有客人还好，或者只有林白一个人也行，万一，万一那天那些乱七八糟的人也在，该怎么办呢?

苏青看着念乔的黑眼睛来回转个不停，心里当然明白这个鬼丫头一定是在打什么算盘呢，便问：你老实说，你去那里到底是为了什么?

我，哎哟，实话跟你说了吧，我喜欢林白。念乔说着，一双花痴般的眼睛望向了马路对面的“青鱼”。她继续说：

我也不知道自己是怎么了，反正就是想见他。上课想见他，吃饭想见他，和你在一起也想见他。苏青，我想我是爱上他了。

苏青瞪着一双眼睛看着念乔，这哪还是她认识的念乔呢。

念乔，那他呢，他知道么?

不知道。其实，从那天之后，我只去过两次，可两次，他好像都没认出我来。

说完，念乔低下头，玩弄着白衬衫的衣角。她觉得自己很委屈，傻傻地站在他面前，等了那么久，他却没认出她来。

又是一个下雨天，穷鬼们又凑到“青鱼”神侃。

林白破天荒地拿出两瓶芝华士请穷鬼们喝，要知道，平时他最慷慨的时候，也就请他们喝过一打雪花，而且还被他挂在嘴上念叨了一个星期。

林白把芝华士往穷鬼们的桌子上一放，转脸对犀牛说：去，到吧台里把酒杯拿来。就拿里层木柜里的。

犀牛瞪着眼睛看看林白，又扫了一通穷鬼们的惊诧神情，最后咽了口唾沫说：哥，你确定要拿里层木柜里的，你确定要喝芝华士。

操。让你拿你便拿，啰嗦个什么？

那些，那些酒杯可是你给莫……

莫，莫你个头啊，你是不是皮痒找揍呢。林白眼睛一挑，大黑眼珠子几乎要瞪出来。

我……我嘴欠。我找打找骂。哥，你别生气，我这就去。

犀牛把酒和酒杯拿来，放在林白面前。林白先是拿起酒，抽了一把纸巾来回擦拭了好多遍，然后放下酒，又把酒杯反复擦拭了几遍。桌子上，皱巴巴的纸张堆了一堆。

来吧，哥儿几个，咱们今天奢侈一回，把这个喝了。林白说着把酒打开，一杯杯给穷鬼们倒满。刚要开口说话，像是又想起了什么似的，转身朝门口走去。他先是把木门按上，然后把“正在营业”的木牌拿进来，随手把门掩上。

犀牛问瓶子：林哥今儿是怎么了？好奇怪。

你问我，我问谁去？

犀牛撇撇嘴，找了个位置坐下来，便不再多话了，天晓得，如果自己不知死活地惹怒林白，下场有多惨。

哥，你……你没事吧？黑格边说着便把酒杯往一旁移了移。

林白没说话，自己先端起酒杯一口喝了个底朝天，然后他环顾了一下酒吧的角角落落，最后叹了口长长的气，说：这间酒吧跟了我七年了。人生能有几个七年呢，算下来，它比我娘陪我的时间都长。

哥，你……你今天这是……怎么了？黑格先喝了一大口酒，咂摸咂摸两下壮了壮胆子，终于问出了一句支离破碎的话。

不，你们今天怎么这么多话，好好喝酒不行啊。红着脸的林白把酒被猛地往桌子上一放，半杯酒溅了出来。这下，没人再敢言语半句。

有那么一刻钟的时间，大家谁都没有再说话，除了窝在吊篮里的斑点猫时不时地“喵”上几声，就剩下一群人喝酒时喉咙里咕咚咕咚咽酒的声音了。

空气安静得有些伤感，犀牛小心翼翼地抬起眼睛偷瞄了一眼林白，他发现今天的林白和以往很是不同。他刚想不知死活地再说些什么时，林白说话了。

我决定了，要去南疆找莫莉。所以，“青鱼”就交给你们了。林白说着，一口干完了剩下的半杯酒，使劲儿抹了一把脸，接着说，这酒吧虽然不挣什么钱，但到底是我七年的心血，也是我和莫莉三年爱情的见证，所以，你们可得给我长长心，好好看着，不指着你们给我挣钱，唯一的要求，别让它荒掉了就行。

哥，你这……

别说话，听我说。

犀牛向来是个暴脾气，也就是他，敢顶着枪口往上撞，所以，不知死活的他开了口：哥，当初你对莫莉那份心，我们几个都看着呢，可她呢，还不是看上个有钱有貌的，把你一脚给蹬了。像她这种见钱眼开的娘们儿，你还去找她做什么？

闭嘴。

我偏要说。当初，咱们一起做摇滚，好歹也是这一带叫得上名的乐队。要不是因为莫莉，你能和山野掰了，咱们一干兄弟能就那么散了。哥，这些你都不记得了吗？

是啊，哥，兄弟们都是看着“青鱼”一点点儿起来的，你怎么能说走就走呢，而且还是为了那么个骚娘们儿……

黑格话还没说完，就被林白突来的一个耳光给打懵了，好半天都没有缓过来。

我再说一遍，这事你们别管，“青鱼”你们想替我照应着，我感激不尽，若是不愿意，就只当我没说。林白说完，双手在脸上搓了几个来回，又一一看了看一帮还在愣神的兄弟，转身走了。

念乔，你看到了吧，这个男人简直就是个神经病。苏青趴在念乔的耳边恶狠狠地说。

念乔也是吓坏了，一只脚在半掩着的门后，怎么拽也拽不出来，像是被钉住了一般。

是谁，谁在那里？林白看到那扇半掩着的门开合了几下，沉声问道。

是，是我。我，我来喝咖啡。

念乔说着索性推开门走了进来，背后的苏青拿食指顶了顶念乔的后背，小声骂着：死丫头，你就作吧，不弄出点儿事来我看你是不会罢休的。

小姐，我这里是酒吧，不是咖啡馆。

我知道。

知道你还进来。

我就是喜欢你这里的炭烧。

喜欢也不行，我这里不卖咖啡。

那我，那我喜欢你总可以了吧。

你……你说什么？

我说我喜欢你。

嘎——这下林白没话说了，换他愣在那里，一动也动不了了。

那天到底是怎么散的场，林白不记得，念乔也不记得。

记得那天情形的除了苏青，就是穷鬼们了。

穷鬼们又有了谈资，一天到晚又开始穷聊开了。犀牛说：那丫头我见过，有一天下雨来避雨的那个，那天林哥还跟咱们急眼了呢。

嗯，你这么一说是有印象了。不过还真没看出来，那么柔柔弱弱的一个姑娘，胆子还挺大。不是一般人，配得上林哥。

我也觉得是，那丫头可比莫莉好看多了，你看莫莉，天生一双狐媚眼，能勾魂似的，林哥那么的一个人都被她骗得溜溜转。

说到莫莉，穷鬼们总是一肚子气。想当初，若不是莫莉，林白也不会和山野闹掰，如果不闹掰，他们就可以去参加亚洲新摇滚邀请赛，那可是人家指名邀请的，分量很不一般。可就在他们要去参赛的一个星期前，山野看到莫莉跟着一个男人上了一辆豪车。

作为兄弟，山野可不想看着自己的哥们儿被人戴了绿帽子。人常说，陷入爱情的女人智商为零，却没说，陷入爱情的男人也是不聪明。林白那时正爱得死去活来，山野的话他根本就听不进去，听不进去也就罢了，他还小心眼儿的以为是山野用的伎俩，毕竟，曾经两人是情敌关系。

之后，两人大打出手。心灰意冷的山野背着他的手鼓离开了“青鱼”，离开了武陵街，从此没了消息，而新摇滚邀请赛也就没了下文。

山野离开的半个月后，“青鱼”来了一个男人，男人五大三粗，脖子上戴着个大翡翠，一看就知道价值不菲，他的怀里搂着一脸妖娆的莫莉。莫莉说：林白，我们分手吧，我要的你永远都给不起。

傻了眼的林白望着莫莉喊：爱情也是明码标价的吗?

爱情不是，可生活是。林白，我爱你。三年，我认认真真爱了你三年，现在也爱，可是爱，代替不了生活。爱情不是面包，也不是床，当我饿了要吃东西，倦了想要休息的时候，爱情什么也解决不了，这就是现实。

这是莫莉最后留给林白的话，说完，她头也不回地走了。

莫莉走的那天，正好是她二十六岁的生日，林白买了她爱喝的芝华士，狠心咬牙下血本买了一套她心仪许久的酒具，结果，却再也送不出去了。

莫莉走后，林白整个人都废了。他开始酗酒，每天都喝得烂醉如泥，“青鱼”一度歇业半年，穷鬼们不再耍贫，不再胡闹，日日沉默着陪在他身边。犀牛说：哥，世界没有末日，你还会有你的爱情。

林白说：我的爱情已经末日了，天崩地裂，碎成粉末。

念乔知道这段故事，是在两个月后。那时，她已经是“青鱼”的“小老大”了。

“小老大，快说说，你是怎么拿下林哥的?”瓶子眯着小眼睛小声问念乔。

不告诉你。

说嘛说嘛，林哥可是轻易不改主意的人，你是怎么做到的?

你们是好兄弟，你去问他好了。

你这丫头，过河拆桥，不想当初是谁出的力了。

哈，都记着呢，等我飞黄腾达了，给你们开世界巡回演唱会。念乔说着，蹦蹦跳跳地跑到前面腻歪林白去了。

又跟他们臭贫什么了?

臭贫怎么把你拿下的。

你这丫头，说话没遮没拦的。

你不喜欢?

当然喜欢，就喜欢你这个劲儿。

那，你还去南疆么?

林白抬头，皱了皱眉，随即缓和下来：不去了，有你在，哪儿都不去了。

念乔笑，一双手环在林白的脖子上，笑得一脸灿烂。

2010 年，九月，念乔和林白恋爱一年。

武陵街拆迁，“青鱼”停业。穷鬼们决定正式成立一个摇滚乐队，名字就叫“青鱼”。林白从拆迁款里拿出一部分钱，买了一辆北京吉普，又给乐队置办了一些行头，他们决定一路歌唱走天涯。

乐队正式成立的那天，他们喝完了“青鱼”所有的酒。斑点猫懒洋洋地趴在吊篮里，眯着眼睛看着一帮穷鬼歇斯底里地大声唱着《新长征路上的摇滚》。念乔蹲在木头桌子上，和苏青背靠背拿筷子打着节奏。

念乔，你想好了，要跟他们一起流浪？

嗯，想好了。这才是青春该有的飞扬姿态。

不读研了？

不读了，人是要在社会里摔打的，学校里太安逸。

你外婆那边你怎么说？

外婆会支持我的，只是，以后要麻烦你多去看看她。

我会的。

苏青，谢谢你。

傻丫头，发神经了又。我们是姐妹呀，姐妹是什么，是要相互挺的嘛。

苏青，我是真的爱他，无可救药了。从第一眼开始，你相信一见钟情么？

不知道。

……

那晚，念乔和苏青聊了很多，很多秘密的话，很多灼热的眼泪。在一旁叫嚣的林白看了，心里有些凉凉的，他对自己说，以后不管发生了什么，都不能辜负了这个陪着自己走天涯的丫头。

2011 年，三月。云南玉龙雪山。

念乔第一次看见五色经幡。她说，林白，不要停下来，我们一起走，一直爱。

林白点头。

犀牛对瓶子说：四年前，莫莉对林哥说，我们守着“青鱼”，一直爱，一辈子。如今，“青鱼”没了，莫莉走了，“小老大”还在，真好。

一个男人，总有一次不回头的爱，但愿“小老大”就是林哥的“不回头”。

这些话，散在三月冷冷的风里，就像路上被风吹散的雪粒。

2011 年，十一月。普姆雍措湖畔。

离开武陵街整整一年，他们站在海拔近五千米的地方，唱响他们的梦。念乔说：这个湖，是我对远方最初的梦。

对这个地方的最初向往，是在一个纪录片里，念乔记得，那是个冬天，画面上的湖面已经结冰，在耀眼的阳光下，那冰面显得冷冽而孤独，成群的白色羊群从湖面上走过，一个牧人褐色的身影在晨光下拉得很长。

从玉龙雪山下来之后，念乔曾对林白说：如果有机会，陪我去看看普姆雍措的湖吧，冬天的湖。

结果，他们的第二站就来到了这里。车子开向洛扎县时，一路碎石子路颠簸，天空无云，道旁满是裸露的山体和枯枝，这样荒凉到不见人烟的地方，让犀牛和瓶子好一通埋怨。

转过一道梁又是一座山，这样的天，这样的路，人的心里总是有些惊惧的，毕竟，从前，他们都是没有离开过武陵街的人，而这一走，确实千山万水的路程。

如果走不出去，怎么办？念乔小声问林白，苍白的小脸上落了一层细白的灰。

至少，我还在你身边呀。

如果我不那么固执多好。

傻丫头，我们不都是好好的吗，或许转过这座山就到了呢。你放心，有我在，不会有事的。

在车上过了一夜，几个人抱着烧酒喝了一通，然后又是一鬼哭狼嚎地唱，唱《死了都要爱》，直唱的念乔眼泪扑嗒扑嗒地往下落。

犀牛说：小老大你别哭，明天我们还要看“美女湖”去呢。

大家一宿没睡。他们似乎从来没有像那夜那样，有那么多的话要说。那是第一次，林白跟念乔谈起莫莉。

他说莫莉是个独行客，喜欢到处跑。他第一次见莫莉，就是在“青鱼”，那天，宿醉的他起得很晚，刚开门就被靠在门前打瞌睡的莫莉吓了一跳。莫莉说，嗨，你怎么才起来。她好像生来就跟所有人都熟悉，打着熟悉的招呼，一点儿也不显得突兀。她那么说着就进来了，然后对我说，弄点儿喝的吧，渴死了。

你喜欢她，应该是一见钟情的那种吧。念乔说。

林白没有马上回答，他先是看了看念乔，有点微熏的念乔也正看着他，一双晶亮的眼睛，纯粹如露。

好像是吧。林白说，这样的女孩子应该是很容易让人心动的吧。我很喜欢她，所以任由她留在“青鱼”。其实我知道她有很多坏习惯，抽烟、喝酒、说脏话，和很多人玩暧昧。可是没办法，我喜欢她，喜欢到连她的坏习惯也一并接纳。我们在一起三年，三年中我们吵骂过，也动过手，她耳后面有一块拇指大小的疤，就是我失手用酒杯划的。我跟她说，只要你愿意，这辈子不管你变成什么样，我都娶你。

后来，她还是走了。

嗯，她走了。她说我没出息，她说不走出武陵街的男人怎么还算是男人。她没等到我走出武陵街，自己跟着一个来武陵街的男人走了。操，这傻娘们，看上去精明得很，实际上傻到家了，人家有家有室的，怎么可能好好待她。

你想她，担心她。

我……

我看的出来，林白，这正常，三年，一千多个日子呢，数数还要数很久呢，何况要一天一天过。

之后，没人再说话，架起的火噼里啪啦响个不停，四周全是荒野，天上的星星格外亮，照在地上的碎石子上，折射着刺眼的冷光。

天边泛起了鱼肚白，大家的酒也醒了许多。驱车上路，半个钟头的工夫，美丽的湖水就在眼前伸展而去。念乔说：这就是我的远方，一片美丽的湖，还有我的爱人。

2012 年，除夕夜。拉萨城。

五色风马青旅，一行人坐在院子里，看夜空。

林白的电话响了。

喂。

是我，莫莉。

嗯，什么事？

我在武陵街，“青鱼”没了。

嗯，都没了，一年多了。

我想你，想见你。

我们离得太远了。

我等你，等你回武陵街。林白，你说过，只要我愿意，无论我变成什么样，你都娶我。

林白弹了弹烟灰，挂了电话。念乔说：我们出来太久，是时候回武陵街了。

2012 年，三月，一身斑驳的老吉普载着风尘仆仆的人们，回到武陵街。商业区还在建设中，到处都是沙子石灰和钢筋。

念乔打电话给苏青，让她先帮忙安排好落脚的地方，然后一群人去“五月花”。一年多不见，“五月花”已经不是以前的“五月花”。“五月花”已经被苏青兑下来，成了一个慢摇吧，不仅卖咖啡，还卖酒，各色的酒。

一年多不见，苏青还是老样子，短发劲爽，五官凛冽。

死丫头，真够狠心的，一年多都不联系，还以为你埋骨他乡了呢？

够毒的你，这么咒我，我有那么讨人嫌么？

当然有，亏我还天天求菩萨保佑你，真是重色轻友的人。

……

两人一见面，就先打了一场嘴上官司。林白在一旁看得正起劲儿，电话突然响了。

哪位？

无人应答，只听见断断续续的呜咽。

说话。

我喝多了，在锦云巷，你第一次给我唱歌的地方。

林白张张嘴，刚要说些什么，那边的电话挂断了。

锦云巷，是一条乐器街。莫莉最喜欢的那把白色吉他，就是林白在这里买的。之后，林白唱了一首歌——《花房姑娘》，从此，他们就成了恋人。那一年，是 2005 年。如今，一晃眼，过了七年，这日子真的是经不起思量。

爱一个人，很难说清到底是爱她哪里。莫莉长得并没有多美，也不符合传统好女孩的标准，她行事乖张，反叛颓废，可是这丝毫不影响林白爱她爱到去交付一切。

三年，整整三年，林白的世界里就只剩下了莫莉。他爱她，爱得迷了心窍。

他看着她和夜色中的男人贴着身子玩暧昧，他看着她大口喝酒大口抽烟大声骂脏话。他身边的朋友不喜欢她，他和朋友决裂，父母看不上她，他便不回家。谁说恋爱中的人只有女人傻，男人傻起来更要命。他为她放弃了音乐，放弃了梦想，就想一心一意地和她厮守在武陵街。到了最后，一腔痴换来了一身伤。

如今，物非人非了，她又来找他。他心里说不出是怎样的感觉，可听到“锦云巷”三个字的时候，他还是一阵心动。她是他的第一个姑娘，日日夜夜的纠缠太多，数不清的夜晚，他们拥抱着彼此，似乎要把对方揉进自己的血肉里。是呢，那样刻骨铭心的爱，那样痛彻心扉的爱，怎么能说忘就忘了呢。

他看了念乔一眼，深情、愧疚的一眼，之后，默然离开。他不知道，其实这一切，念乔都看在眼里。

莫莉离开后，林白想过无数次再相逢的画面，却从来没有想过，她会落魄成这个样子。深陷的眼窝，干枯的嘴唇没有血色，那一头炫紫色的短发看不出一点儿的光泽。

林白，我想你了。她说。

然后她开始吻他，灼热的气息让林白喘不上气来。她的手在他身上游移，就像是一条蛇。

别这样，莫莉，你放开手。

你要我，要我好不好？这几年，我太寂寞了。

放开——林白大吼一声，一把推开近乎神志不清的莫莉。

你吼我，你怎么可以吼我，从前，你对我连大声说话都没有过的。

那是从前，很久很久以前，久到我已经不记得了。

你骗人。你爱我，你只爱我。以前是，现在也是。莫莉说着又扑了过来，双手环住林白的颈项，一个个的热吻从林白的下巴一直吻到胸前。

念乔站在离他们几步远的地方，呆呆地看着。清凉的月光照在她的身上，她成了一尊冰冷的石像。

念……念乔……

林白头脑一冷，迅速从莫莉的双手间逃离。他喊着，向念乔跑去。

林白，你要是离开，我就去死。莫莉歇斯底里地喊。林白停住脚步，眼睛转向莫莉，停了那么十几秒，他又看向念乔。

林白，你知道的，我说到做到。

林白的脚步向莫莉那边移了移，然后又停住看向念乔。

哄哄她吧，她需要你。念乔笑着说，说完，她向莫莉走过去，脱下身上的棉衣给衣着单薄的她披上，说，天冷，你得学会照顾自己。

后来，林白一想到这个场景，心里总是觉得酸酸的，他不知道，这样一个娇小的女孩子，哪里来的这样的坚忍。

其实很多事念乔都明了，她不去说，是怕林白难过。她想着爱一个人，就该是这样的吧，不为难他，亦不束缚他。第二天，念乔走了。没有和任何人打招呼，只是留言给苏青说想出去走走。

苏青问犀牛：林白和念乔怎么了？

莫莉回来了。

苏青去找林白。一进院子，便看到林白正给在院中晒太阳的莫莉披衣服。她走过去，站在林白的对面，看了他许久，许久之后，苏青狠狠地甩了林白一记耳光，一句话没说，转身走了。

林白愣在原地，一动不动，只有眼里的泪水在火辣辣的脸上流着。

离开林白后，莫莉跟着那个男人过了两年的奢侈生活。豪车、别墅，出门有人接送，居家有人伺候，扫货不看价格，总之，现实生活里她想要的东西，总能轻而易举地获得。

两年后，男人锒铛入狱，亿万家财一夜间化为虚有。莫莉的豪门梦破碎了，连个落脚的地方都没有。后来，她变卖了首饰，一路浑浑噩噩生活。

后来，她去了南疆边境，在极寒之地痛定思痛，开始想念有林白的武陵街。她给林白留言，说：我在南疆，十分想念你。收到留言的第二天，林白便打算离开“青鱼”去找莫莉，之后被一干兄弟劝阻，并被念乔表白。

这世间总有一些说不明白道不清楚的事情。正如林白为了念乔的一句“我喜欢你”而放弃走南疆一样。

莫莉，我想问你，你在南疆给我留言时，心里在想什么？林白坐在莫莉的对面，幽幽地问。

孤独了，想让你陪着。

其他的呢？

我知道你还爱我。

那你呢，那时还爱我吗？

你知道的，我向往自由。

所以，我从来没有束缚过你。你来的时候自由，走的时候也是自由。可是，你有没有想过，我为什么要给你这么多的自由，不去恨你，不去留你。

我知道，……你……你爱我。莫莉说着，眼泪从眼眶中缓缓流出来。这是第一次，林白看到莫莉的眼泪。

林白，我很自私。我想要的太多，爱情，自由，金钱，我都想要。离开你的时候，我没有后悔，因为，物质的生活也是一种生活，我需要，所以走了。那个男人，能满足我很多渴望的东西，当然，我也知道我们之间没有爱情。他看上我的美貌，我看上他的富有，人跟人之间，有时候总需要交换些什么才能去生活。我和你不同，你有你的梦想，你的朋友，你的家。而我，只有自己。我是山里的孩子，父母去世早，跟着姐姐和姐夫生活，姐夫是个屠夫，好色又酗酒，我的第一次在我十四岁那年就没了。可笑吧，我的第一个男人是我的姐夫。姐姐生来懦弱胆小，知道了也不敢声张。我恨姐夫，但更恨姐姐。后来，我跟着村里的一个在城里打工的嫂子跑了出来，最开始在小饭店做服务员，之后经人介绍去歌厅陪酒。其实，我也是有过梦的。梦想做一个能站在舞台唱歌的人，后来，我认识了一个所谓的地下歌手，我和他同居了，那年我十八岁。那时我很爱他，为了他什么都肯做。一年后，有家经纪公司想签他，一起 K 歌的时候，那个负责人的手在我身上来回地摸索，他跟我说，如果我跟他一夜，我男朋友的路就能越走越顺。女人哪，就是那么傻那么容易骗。我跟了他，男友也腾达了，结果却是把我甩了。

莫莉说到这里，看着林白笑，笑得一脸眼泪簌簌直落。

我问他，为什么不爱我了。他说我已经不是从前的我了，他说没有哪个男人肯让自己的女人跟别的男人睡。他说，他接受不了这样的现实。操，都是扯蛋，当时别人摸我的时候他怎么不说，别人抱着我开房的时候他怎么不说。最后他飞上高枝儿了，才觉得泥土脏脚了。从那之后，我不再相信男人，不再相信爱情，爱情，哈哈，都是给那些吃喝不愁的人消遣用的东西。

……

莫莉说了很多，都是林白从前不知道的。他心疼那样一个千疮百孔的莫莉，但是，那种心疼已经不是爱了。因为，他的心里已经完全地确定，他爱的那个人是念乔，从他决定陪着念乔去看普姆雍措湖的那天起，他就爱上那个一脸阳光的丫头了。

莫莉，对不起，我已经不爱你了。林白看着莫莉，认真地说。

我知道，那天晚上我就知道了。她是个好姑娘，她才是真正爱你的人。

你都知道?

是的。还记得念乔披在我身上的衣服么?

记得。

里面有张纸条。“爱他，就不要再伤害他了。”上面只有这一句话。林白，从前，我不懂得什么是爱情，总是一味索取，现在我懂了，可是我知道，太晚了。你去找她吧，这么好的姑娘错过了，或许一辈子都不会再有了。

林白颤抖着接过那张纸条，鼻子一酸，红了眼眶。

疯找了一个月，不死心的林白再次拨通了苏青的电话。

求求你，告诉我她到底在哪里。

普姆雍措湖，她说那是你带给她的第一个远方，她在那里等着你带她去更远的地方。

再见，我的爱人

感觉有些凉意，她从睡梦中醒来。顺着风进来的方向望去，原来是昨晚睡得太迟，恍惚中窗户也没有拉好，留下的缝隙里，便来了这些风。她想她应该感谢这份凉意的，不然，冗长沉重的梦，真不知道何时醒，直把人要累死。

她坐起来，一双眼睛望着窗外。窗外一片清濛，潮湿的水汽让一切都看不清晰。她又往窗前移了移身子，方才发现，原来是落了雨。

突然，她觉得心里有了个想法。她想要出门去，去看看那个人，她怕春雨清冷，使他寂寞可怜。

她简单收拾了一下。穿上一件粗针织的毛线外套，浅驼色的，他说过，这样轻软安静的颜色，最是适合她。可曾经，他也说过，如他这样稳重可靠的男人，也最是适合她。

她这样想着，嘴角稍稍上扬了，一些说不明意味的笑，一闪而过。

没有开车。他离开一年半，车子就闲了一年半。买这部车子前，他抱起她在空中转了个圈，一脸热烈地说，就用这部车子，带着你环游世界吧。

之后两年，他载着她去了很多她心心念念的地方。他还说，怎么也要去一次撒哈拉的，到时候，我们把车子空运过去。

结果，车子还在楼下的车库里停着，撒哈拉，成了一个再也不能及的地方。

她忽然就想起三毛的那句话：每想你一次，天上飘落一粒沙，从此形成了撒哈拉。

那么，她自己呢？

或许是周末的缘故，地铁上的人很少。

她捡了个靠门的位置站下。仿佛他不在身边之后，她就习惯了站着，因为没有肩膀供她依靠，睡着的时候也没有他唤她醒来，她怕自己陷入一个长而累的梦里，总不醒。

车子驶过两站，上来一对年轻的爱人。他们似乎要去远游的样子，很大的一个拉杆箱，一个灰绿色的大挎包，还有一个黑色的双肩背。这些，都挂在男人身上。

她想：这一定是个踏实稳妥的男人，有一副可以依靠的肩膀。再看女人，女人是个孕妇，看上去月份应该不大，若不是她身上那件绛紫色的防辐射服，可能很难让人看出她是个准妈妈。女人齐耳短发，模样很恬静，清瘦高挑，光是这么看上去就觉得定是一个温良和顺的好妻子。女人穿一件素色衬衫，衬衫外面套着一件鹅黄色的针织开衫，朴素柔和的颜色，让人看着很舒服。

他们两个人和她并排站在门口的位置。旁边原本是有个年轻人要让座的，女人先是看了看男人，然后向那个年轻人笑着摇了摇头。

怎么不去坐呢？

陪陪你多好。

傻丫头。

男人说着，举起没拎挎包的那只手摸了摸女人的头发，一脸笑容里全是疼爱。

看到这里，站在一旁的她，突然觉得鼻子一酸，眼眶顿时热了起来。

傻丫头。曾经，那个人也这么叫他。他说：

傻丫头，好好吃饭。

傻丫头，等我去接你。

傻丫头，记得多带件衣服。

傻丫头，吃胖点才有力气啊。

……

他叫了他很多年的傻丫头，于是，她再也聪明不起来。她记得他最后说的那句话：傻丫头，要我怎么放心你呢。

如今，他是否还在惦念她呢？

她低下头，深呼吸了几下。再抬起头时，一双眼睛还是不由得看向那对爱人。

她想，他们真好，都孕育了他们的小宝宝；他们真好，还可以一起去远游。她看着男人把手环在女人的腰际，那么坚定那么妥帖，就像为他们的爱，撑起了一个坚固的世界。

她突然觉得后背有些冷，像被吹进了一阵冷硬的风，直往她的腰际钻。是呢，从前，她的腰际也这么停留着一只坚实的大手，那些日子，仿佛很近，又仿佛很远了。

那是五年前了吧。明媚的四月，一切都是轻软温暖的。

树上刚长出新绿，桃花刚吐出粉色的蕾，玉兰花的骨朵还没长好，迎春花的艳黄色一片荼蘼。

她去图书馆还书，随便想再借几本书等过几天远游的时候带着。

像一段落入俗套的桥段。两只手被同一本书吸引了去，手背轻撞了一下。男人急忙说了句“对不起”。

她看着他，抿着嘴笑，只不过擦着皮肤轻轻那么一下，有什么可抱歉的呢。所以她脆响的笑声响了起来，说：这么郑重。

他听了，涨红的脸上堆起尴尬的笑。

怎么就那么不矜持呢，一个女孩子，没遮没拦地笑了半天，倒把一个大男人羞红了脸。

那天，他们谁都没有借阅那本书，倒是跑到图书馆外的台阶上，聊了一个下午的《百年孤独》。他们谈孤独，谈死亡，谈理想，谈生活。就像两个相识已久的人，不，或许更像是两个灵犀相通的人。

年轻真是个好东西。它可以让人忘乎所以，也可以包容一切的荒唐轻狂。

那天，他们辩论，妥协，认同，各自都有各自的坚持。而最终，酣畅淋漓的辩论让他们成了一对“故人”。

而后，又是恋人。

似乎一切都是水到渠成，但又带着那么一点点的冥冥注定。

她记得他们最后辩论的一句话——无论走到哪里，都应该记住，过去都是假的，回忆是一条没有尽头的路，一切以往的春天都不复存在，就连那最坚韧而又狂乱的爱情归根结底也不过是一种转瞬即逝的现实。

她记得他说：多么悲哀的人生，多么悲哀的爱情。我们终其一生去成全和追逐的，不过是一个虚无的梦。

她记得自己说：可如果没有过去那些虚幻的堆砌，生命还能依靠什么来证明它存在过的事实呢？又或者，人、人生、具象的生命，都是意识制造的一个假象。不过尽管如此，我们还是要努力爱，努力活，努力快乐啊，就算是个梦，也要把它造得好一点啊！

他笑，说：是呢，总不能因为要死，就放弃活着呀！

很多从前无心的话，或许都会在将来开出相应的果。他们的梦，造得很美。

那年，他二十六岁，供职于一家台资地产开发公司，差不多算得上是个后备精英。而二十四的她，也算是个小有名气的文字工作者。

原来这就是爱情。

半年后，他站在她面前，说：我们相爱很久了呀。

她回：嗯，好像是，很久很久了。

所以，那就在一起吧。

好，那就在一起吧。

他们一起住老式的筒子楼，一起骑着自行车去杂乱的市场买菜。一如一对居家过日子的小夫妻。

他们把可乐瓶子涂上油彩做花瓶。窗台上，码满了一排颜色不一的小花瓶。里面有挺直的绿竹，有清奇的兰草，当然，还有花。太阳花、扶郎花、小雏菊、风信子、小苍兰、海芋，每隔三五天，就换一支，那些开得太满的，她就把它们倒挂起来，做成干花。

一间三十平的小房子，被他们布置得温馨而有朝气。

他说：等着，我们一定会有一所带院子的住处的。

她笑着回：不如咱们去开荒吧，也弄个瓦尔登湖出来。

他听了，刮了下她挺翘的小鼻子，说：傻丫头，等你玩够了，咱们就去山里盖栋木房子哈，我们自己动手，丰衣足食。

一年后，他的才华终于得到了回馈。由他设计的一座公寓销售很是成功，他也因此被公司奖励了一套公寓。

但是他没要那套房子。他说他梦想的住处一定要有院落，他说等有一天，他要把一座有院落的房子送给他爱的那个人。

公司高层赏识他的才华，也尊重他的决定，便把那间公寓的房款，以不打折的形式全款付给他作为奖励。

那天，他拿着存折站在她面前，神秘地说：我想，是时候造属于我们自己的房子了。

她一头雾水看着他。

傻丫头，不会等太久的。你就会拥有你的山间小屋。

他说着，拿出存折给她看。

她惊得嘴张得老大，都能塞进去一个拳头似的。

之后，她用一种可怜兮兮的表情说：我们还这么贪玩，等等吧。

而后，他去买了辆车。他说：你那么懒，我们需要一部座驾。

他说：我们一起周游世界。

当然，他们还是搬进了一座有院落的房子。虽然在郊区，很不方便，不过好在，他们并不需要长途跋涉去做些什么。

四间房。一间做工作室，他设计图纸，她阅读写作。一间起居室。一间休闲。正中间的一间做大厅外加餐厅。

还有个大院子，可以种花种菜，天暖的时候还可以喝茶乘凉。

他每天早起准备早餐，她呢，就窝在沙发里看着他忙活。她一副严肃的模样指指点点，就像一个苛刻的监工头。

身边的朋友闲暇时总会来看望他们。

几个相知的人或畅谈或说笑，很是快乐。

他们都说他俩是一对神仙眷侣，全然不食人间烟火的山外之人。

他俩听了笑，笑得肚皮都要爆开的样子。

日子安好，风轻云淡。仿佛外面的世界，和他们毫无关联。

她常常孩子气地问他：人们说，再怎么相爱的人，待长久了，都会生厌。那么我们呢，是不是会很快走到那一天。

他听了先是错愕，仿佛想破脑袋都想不通她怎么会凭空问出这样一句话。然后他说：你这个小脑袋里都装的是什么呢？以后可不许写作了，不然真是要害苦别人。

那么，到底会不会呢？她固执起来，往往像个孩子。

不会，当然不会。你每天都有那么多稀奇古怪的想法，都来不及生厌呀！

她听了，嗔着打他。

这样的好日子，他们过了两年。

直到一年半前——四月二十六的上午。

那天，熬了一宿把要交的稿子赶出来，她才拖着哈欠连连的身体上了床。

那晚，她做了一个梦。梦里，下着大雪，很大很大的雪，他和她在白雪地里跑，深一脚浅一脚的。他跑在前面，她在后面追，边追边喊：等等我呀，你等等我呀。可是，他像是听不见，真的听不见，不然，怎么连个头也不回呢。后来，他消失在一片苍茫的雪原上，留下她站在那里，傻傻等着。忘了哭，也忘了喊。

再后来，她就醒了。是一阵电话铃声把她从那个疲累的梦中解救出来的。她还想，等他回来，一定要拷问他，为什么要把她一个人扔在雪地里。

熟悉的电话号码。她上来就喊：快点回来，我要审问你。

请问……请问是顾念吗？话筒里传来的声音很陌生，语气也有些迟疑。

我是，您是……她话还没问出来，突然就觉得心里一阵难过。她不知道自己难过什么，总之，她很不舒服，觉得胸口有些闷，有些疼，似乎要喘不上气来的样子。

我已经派车去接您了，请您……请您来趟医院，我……

后面又说了些什么，她听不到，电话怎么挂断的，她也不知道。她只是突然觉得冷。四月末了，天气已经很暖了，窗外的阳光明朗朗的，可她就是觉得冷，就像刚从大雪地里走出来一样。

讨厌的家伙，跟他说过很多次，要把那扇窗子修一下，看，到现在都还四敞着，把房间都吹冷了。

她这样喃喃着，眼泪就跑了出来，一行行的，像跌落的水杯，一泻而下。

“生命中曾经有过的所有灿烂，原来终究，都需要用寂寞来偿还。”

她突然有点懂得这句话的意思了。从前，他们还为此辩论过。

他说：那就向阳活着吧，不想曾经，也不想以后，只要我们知道身边有人陪着，就好。

可是她悲观，反复读着那句话，直到眼泪落在字上。她抓住他的手，问：怎么办，我们这么好，这么好，以后如何承受那些不好呢？

傻瓜，怎么会有不好呢？看，又胡思乱想了。

真的会呢，你看，飞机会跌落，火车会出轨，好好的地方会地震，而我们，也会生病。

那些事不在我们的控制范围内，所以，我们只要在我们能做主的生命里，好好活着，快乐活着就好了。其他的，又何必操心呢？

……

不用操心吗？这次，他是真的不再为自己操心了。她坐在医院的走廊里，自己念叨。那些太过灿烂的日子，原来真的是需要用寂寞来偿还的呀。

那一天，她永远地失去了他。

他去工地验收，为了救一个工人，他挡住了从天而降的石板。

救护车上，他握着同事的手，说：跟小念说，好好生活。说完，他闭上了眼睛，再也没有睁开。

得知消息的朋友陆续赶来。

他们不知道该对她说些什么，仿佛说什么都是徒劳的。谁都不能代替他为她做什么。这么多年，她的世界里只有他，他们的院落，他们的生活，他们的气息，和这个世界平行却不交错。

顾念，好好生活，别让他不安。

这是他们说的最多的话，别的，太苍白。

其实，她已经没有眼泪了。她说：你们走吧，我还没有好好和他告别呢。

她用了一年半的时间，来和他告别。

整理他的东西，像他还在的样子。早上和他说着话准备早餐，她说：你看，我有好好吃饭哦，你呢，也不许忘了。坐在院子里的竹椅上看书，一句一句小声读出来，她说：你看，我都不和你争论了，以后都不。

浇浇花，剪剪叶，植物的生命力总是比人的顽强，它们长得都很茁壮。夜色一来，她把他书桌前的灯打开，十一点再准时熄灭，然后和他道声晚安。

只是，她的梦里，他总不来。

她写了很多书，每部里面都有他的影子。她借书里的人物来温习他们的爱情。

他们的相遇，他们的相知，他们的陪伴，还有他们想做的事和未完的梦。

一天一天，伤痛结了疤，碰到不再觉得疼，而思念，也不再那么盛大。她发现，看到他留下的所有东西，已经不再那么刺目惊心了。

“即使以为自己的感情已经干涸得无法给予，也总会有一个时刻一样东西能拨动心灵深处的弦；我们毕竟不是生来就享受孤独的。”是的，没有哪个人是生来就享受孤独的。那些盛大灿烂的爱情过后，活着的人，还要继续往下走，因为，生活，总会给你一个活下去的理由。其他的，由不得我们操心。

傻丫头，要下车了。

哦。她快活地应道。恍惚过后，当她看着那对恋人用一种莫名的眼神望向她的时候，她才惊觉自己被那么多诧异的目光围着。

她笑了笑，又看了看那个幸福中的小女人，然后默默地在他们前面下了车。

傻丫头，叫得多好听啊。她想着，把布包里的花束整理了一下，然后又转身看了一眼那个女人，就像望着那个院落里的自己。她说：傻丫头，我们再见吧。

是时候去见他了，和他好好告别。他已经走了那么久，但她却一直没有跟他说“再见”。她突然想起来昨晚看到的一句话，“我终将遗忘梦境中的那些路径、山峦与田野，遗忘那些永远不能实现的梦。”

跋涉千山，只为抵达你

一

她素来不喜杜鹃，觉得它艳丽得如同一曲离歌。

三月暮。杜鹃花开，满山满坡。

他说杜鹃静美，细丝蕊，薄叶瓣，缠绵的像一个春日的梦。

她的发丝在他的指间，轻轻地绕，绕成一次春心萌动。

颜，植一院落的杜鹃可好？

前院的草，他一棵一棵地拔掉，白净的手指上有新鲜的春泥，他询问她的时候，笑容温暖。

她想：他是决定了的，那一棵棵青翠葱茏的草，已经离开了土壤，毫无生气地堆在一起，像是一座坟。

安静地对他笑，安静地点头。然后，安静地离开。

爱，就像是自己和自己的对手戏。懂与不懂，痛与不痛，是留给自己的度。

当然会明了，却仍旧委屈，因为，最终伤的还是自己。坐在秋千上，她苦笑着，荡一场寂寞。

慕桑，一直没有问过你，日日相陪的，那个被你唤作颜的女子，你可是懂得？她原本想如此问问，可话到嘴边，又被自己驳了回去。

到了最后她还是沉默。她怕说出来，那伤、那痛，更加赤裸。于是低下头，把那一眸的潮湿藏躲好，她暗自叨念：那片片春日花海，从来不属于我。

习惯游走在温暖的边缘，做世间淡漠的客。

她尤记得他第一次走进这所院落，脚步小心地寻找着空隙，是否，那一眼，这矮草凄然，成了荒冢，而自己，是否成了《聊斋》里，那个被写成鬼魂的女子。

颜这样想，却从未问，而他亦未曾说过。

心里感念，是他的陪伴，言语轻轻，笑意浅浅，在这一丛草色淡薄里，她第一次感受。很少有人唤她的名字，深居简出，她几乎成了遁世的人。

颜——他总能唤出一丝轻柔，一缕甜软，她第一次觉得，这是一个如此美好的字。

开始跟着他的脚步，在这个陌生的世界里周游，心甘情愿地做他背后的影，在那一刻，她不再是自己。

他喜欢花，尤其。

他说，等待花开，就是等待幸福。

可是，他却没有留意，她的小院里，阳台、书桌上，肆意生长的从来不是花，是一支支孑然的绿。她们清冽明显，却没有被他发现。

颜，下个月出发去和顺吧，常常听你说起那里的好，不如，再去看看？

是的，还记得他第一次寄来的信，他说，能用文字堆砌梦想的人，一定是敏慧轻灵的。他说，如果她选择流放在那一方净然之地，他愿同往。

颜，如果你要远行，记得让我陪着。

她听了，没有正面回应，只是幽幽地问：慕桑，一夜的雨，花怎样了？

唔，还好，你应该出去看看，清丽了许多。

你喜欢这里么？

喜欢，只是太过安静，想着等我们这次回来，还是去市区看看，你说呢？

又是一个选择，他总会把一些问题丢给她，无心的，无意的，自然。

摆弄着书桌上的绿，生机盎然，只给她们一小杯水，她们便能活出十万分的新鲜。颜有时觉得，做一株植物也蛮好的，扎下一颗根，走完一辈子。手下是一本《似水年华》，昨夜看的，不能睡，她睡眠向来不好，这已经成了习惯，可这习惯跟着他的到来有了改变，白日里陪他游走，夜晚独守孤单。

累，是真的累。她觉得连呼吸都沉重，是因为想要索取一点温暖，而持续的妥协，是对自己，还是对所谓的爱，她说不清楚，这里面，他也是无辜。颜不忍责怨，自顾自地看着窗外的潮湿，说道：慕桑，不去和顺了，一些梦想，只能到达一次。

那明天就去看房子吧，市中心的，一切都弄好了，因为想给你惊喜。你去看看，一定会喜欢的。

“惊喜，喜欢，一定”，这样的词，很笃定，是要去看的，再退一下，或许就能一辈子了。颜如是想。

关上小院的门，她认真看了一眼那一丛一丛的花，极其鲜艳。

车子在楼群里穿梭，颜觉得有些头痛，闭了眼睛，不知觉地沉入一个无梦睡。被叫醒的时候，她看到了已站在车窗外的慕桑。她觉得有些抱歉。下车，一路跟着他走，走进一所院子，满是花，各种颜色缤纷。进门，很大的房子，复式，色彩明亮，家具是欧式风格，高贵典雅，处处都有花的影子。

颜，快看看，我知道你一定会喜欢的。他笑得特别欢畅。

她望了望房子里的布局摆设，然后困惑地看向他：慕桑，我们相爱了么？她停下来，幽幽地问。

慕桑一时怔住。

或许，你自己也不清楚，像我一样，你知道我喜欢什么吗？你知道我不喜欢什么吗？

我……

慕桑，你发觉我们之间的距离了么？从开始到现在，你在前面，我在后面，这就是不同。

可是，我们一直相处很好。

你走进我的生活，你带我四处走，你为我布置，你为我植满院的花，你说我们在这里生活，可是，你不知道，也不曾问过，我需要什么。

你不喜欢？

如果你肯认真想想，你会发现我们不是一类人，你看，你在阳光下，我在影子里，就是这样。

安静的一个月，慕桑似乎明白了一些事情，没有再来，但偶尔的问候从未间断。

他说：终于看清，那个小院的景色，原来一直都不属于我。

他说：等我整理好感情来看你，犹记得初见时你的笑，比花儿还美。

安静的午后，颜坐在秋千上恍惚，方看到，院子里的杜鹃已经枯了。仿佛应了那句戏词：曲终人散，不见欢颜。

二

夏天的白日总是很长，总担心阳光会叫醒难得的睡梦，所以，颜换上了厚实的帘子，把阳光拒之门外。

醒来给桌上的海芋添水，她顺手拉开了帷幔，又轻轻地推开了窗。她已经忘了有多少日子，没有看看窗外的风景了。仿佛有很久很久了。

坐在窗前，笔尖在烟色的纸张上缓缓的移动着，有好听的沙沙声，在一片安静中，悄悄地响着。突然她停下了笔。原来是闻到了窗下青苔的草腥味道，幽幽地飘进房间来，她放下手中的笔，探出头，看到台阶上的一层潮湿的青苔。

她才惊觉，自己已经许久没有走出这间房子了。

颜居住的小院很偏僻，房间被若干棵粗壮的梧桐树包围着，阳光难得能够不受约束地进来，因为情绪的关系，挂在窗上的帷幔又厚了几许。所以，她很容易模糊了时间，不知道黑夜，亦不知道白天。

这也是她买下这座院子的原因，像是一个与世隔绝的空间。很容易忘记时间，也很容易忘记悲欢。

她穿着薄棉的白色罩衫，头发已经垂到了腰际，一张缺乏红润的素颜愈加苍白。她的房间里没有镜子，她从来都不喜欢看镜子里出现的那个相同模样的人。她觉得，要与自己保持着一种距离，不去探究，是很好的生活方式。

所以，她不知道自己是这样一种诡异的样子，像是一个幽魂。

整个的房间里，只要能够站住脚的地方，颜都铺了一层织锦，她觉得自己一定是一个神经质的家伙，明明生活不富裕，却依旧这样奢侈，可是，她喜欢。她喜欢赤着脚走在上面的感觉，有些突出来的图案，可以感觉的到疏落交错的针脚。

所以，她不喜欢穿着鞋子。

她推开门，走出来的时候，院子里还弥漫着潮湿的味道，又是一夜雨来访过。

马上要入秋了，风里带着细微的凉意，轻悠悠地往衣服里钻，脚掌落在台阶的石头上，寒意直通头顶，她不禁抖动了一下。

院子里的秋千上，有薄薄一层落叶，看过去清冷冷的。她轻飘飘地走了过去，脚上沾满了泥土的湿润，她扶着秋千的绳索，一个人独自摇着。

颜，真喜欢看你白裙飘飘的样子。

颜，多希望可以一直这样看你温暖的笑。

看你，多像一个淘气的孩子，总是这样赤着脚跑来跑去。

……

如今再也没有人说这些话了吧，再也不会有人这样靠近自己。颜看向那扇紧关着的门，透过缝隙，依稀可看到外面的景色。

那个人，也不会再来敲这扇荒废的门了吧。

返回房间，关上门。

她蹲在角落里，看自己苍白的指尖，因为缺乏温暖，它们已经失去了光泽。如自己，日日写下的文字，冷漠的、颓靡的、无关温度，无关幸福，在烟色的纸张上码成捆绑的绳索。

手机已经关机许久，按下开机键的时候，屏幕上蓝色的荧光刺痛了眼睛。

嘟嘟——嘟嘟——嘟嘟，等不及的信息提示，搅得她耳膜一阵微疼。

都是熟悉的名字，它们重复的出现在收件箱里，固执地往外蹦。慕桑，慕桑，还是慕桑。

她无奈地摇摇头，看了最近一条信息的内容：颜，来和顺一星期了，这里很安静，每天早早起来，漫步、逗留、端望，仿佛每一处都有你的影子。我不知道，这些信息你会不会看到，我只是想让你知道，在你走过的痕迹里，我在慢慢地懂你。

一滴泪。

落在蓝色里，“啪”的一声。

一朵花开了。

那么爱呢，是否还继续做一只深深庭院的囚鸟。颜摇摇头，人有时候最不能懂的就是自己，想要的，抑或不想要的，总是没有那么分明。

三

很温暖的日子，她低下头，看阳光把影子拉得特别长。

一个人走在路上，有轻微的风，带着些微的凉。梧桐树的叶子早已落了，银杏树的叶子还在枝头上招摇着一片金黄，这让她觉得欢喜。停下脚步，抬头，阳光倾斜在她苍白的脸上，看过去，脆脆软软。

张开手，遮住阳光，俏皮地和它躲猫猫。阳光在她的指缝间忽明忽暗，她小声地对自己说：你怎么越来越孩子气了呢？

起了一阵疾风，几片叶子，落在她的毛围巾上，雪白的围巾，配上娇艳的黄。很干净，很温暖。

她小心地捡起一片叶子放在手中，仔细地看着叶子浅浅细细的脉络，她觉得那里面是叶子的心事，密密麻麻的，织成一面逃不开的网。

她如是想着，低下了头。

清脆的声响——啪。干燥的水泥地上有一滴湿润晕开，她看到了地面上开了一朵暗色的碎花。她觉得委屈，为什么越来越爱哭了呢？从前，她似乎不是这样的。

独处的日子久了，才发现，丧失了最基本的言谈。慕桑总会时常发来邮件，长长短短，细微地询问着：

颜，你好么？小院里的草又长高了吧，你的秋千呢，记得铺上毯子。

颜，天凉了，不要总光着脚，着凉了可不好。

和顺还是一样的温暖，我已经许久不种花了，小院里长满了不知名的绿，有很多都是去山上闲走的时候采回的，它们长得都很精神。清晨起来，给它们洒水的时候，总会想到你，想到你的那个小院，日子久了，会觉得就在你身边。

颜，我想回去看你，想了很久，很久。行李来回整理很多次，最后，还是安安静静地放在了角落里。和这座院子已经有了感情。昨晚下起了小雨，淅淅沥沥地，一滴一滴地敲在窗台上，好听得很。你此时如果在这里，一定会欢喜的不能睡。

颜，我现在才了解之前的唐突。总以为为你做的，都是好的，却不知哪些才是你想要的。曾经以为很了解你，便随着自己的心思去安排你的生活，怕你累，怕你寂寞，却不知，这些都是你生活的一部分。

……

夜深人静的午夜，颜看着这些带有慕桑气息的文字，总会莫名的流泪。

曾经，难过的日子里，她也想为自己找一个臂膀，轻轻地靠着，伤痛或者快乐，能够有人分担、分享。她觉得自己已经一个人太久，走得累了，想停下来，踏实安稳过平淡生活。所以，她以为自己能够牵着慕桑的手，给自己一个机会，没想到到了最后，却依旧是防守。

渐渐地，她相信自己是被注定的——一个人。不再期待什么，也不再守候什么。日子，成了一部泛黄的老书，涂满了寂寞的颜色。

一个月前，慕桑打电话来，说要回来看她。她听着慕桑电话中小心翼翼的言语，不知道怎样应答，她一直都没有习惯怎样去面对自己以外的人。

颜，我决定了，回去看你。

哦。

只是去看望一下，你不要有负担。

哦。

颜，你说句话吧，如果你不喜欢，我便不去。

颜吸了一口气，突然对这个人有些不忍了：慕桑，小院里落了很厚的一层梧桐叶，你来帮我打扫好不好？

她觉得或许可以给自己一次机会。

阳光还是暖暖的，预报说，周末有雨。

慕桑的机票订在了周末。

颜笑了笑，白色的围巾披在头上，她想：慕桑第一次进小院的那天，好像也在下雨。

四

门铃每天响一次，一共响了五次了。电话每天提示新消息，五天来没有间断。

太阳很好，暖暖地照了五天。而颜，躲在房间里，五天没有出门。

秋千上落了很厚的一层叶子，黄黄的，耀眼得很。风一吹，叶子翻腾起来，像是金色的波浪。

她从摇椅里坐起来，披上披肩，起身走到窗前。推开窗，风立刻吹进来，掀起了披肩，她禁不住打了一个冷战。她还来不及找到一份温暖，冬天就真真切切地来了，来得措手不及。

想起了慕桑，他说回来有些日子了，可小院的门一直没开。她想着，叹了口气，她发现自己真是一个狠心的家伙。有意无意地残忍着。

那天晚上，接到慕桑的电话：颜，我刚下飞机，去看你。

不想见，请别来。她用了“请”，往日她从不会这么说，而今是因为她觉得自己对慕桑有无限愧疚。

好，我不去，等你的小院需要打理的时候，我去帮你。

嗯。

挂了电话之后，颜哭了，她不知道自己是怎么一回事。她曾经问过梅落：我是不是一个古怪又可恶的人？她问得很认真，表情里有着孩子一般的虔诚，在等待答案的瞬间，她甚至恐慌，她怕答案不是她想要的，如果那样的话，她会厌恶自己。

梅落说：傻丫头，为什么想那么多呢？

是呢，为什么想那么多呢？她自己也想问问，每日每日想这样多的问题，会不会很累。

梅落说：颜，给自己一次机会吧，别再为难慕桑，他那么好，那么好。

是啊，慕桑那么好，可是，那么好的慕桑放在自己身边，日子久了，会不会变得不快乐。如果是这样，她宁愿做个狠心的人。

风铃响得清脆着，从窗子进来的风，在房间里肆无忌惮穿行。

颜觉得自己的脚趾开始麻木，渐渐地没了知觉。慕桑一再叮嘱她，记得穿上袜子，不然会着凉。可她总是很容易就忘了。一些生活的习惯，好的或者不好的，很固执，总也戒不掉。

比如：

一个人喝咖啡，荡秋千。

一个人坐在藤椅上晒太阳。

一个人写字，一个人看书，一个人吃饭，一个人失眠。

还有一个人的旅行箱，一个人的目的地。

这些，好像是掌心的纹路一样，丝丝缕缕交叉在生活里，平淡而不易察觉。

梅落问：颜，你是从什么时候成了这个样子的？

她总是很认真地想，可想了许久，她也没有想出结果来。

披了件外套，坐在阳台的摇椅上晒太阳。天空中有很多云朵，白白的，软软的。吊在墙壁上的绿萝在阳光下显得格外的青翠，闪耀着美丽的光泽。颜想起了慕桑曾为她种下的杜鹃，在三月里，开得天真烂漫，花儿红得似乎耀疼了人的眼睛，只是，她不喜欢。

从来都不喜欢。

她反复想着自己和慕桑的过往，总是感到困惑，她的记忆如同一个婴孩，总是陷入沉睡中，所以，她能够记起的也只是一些凌乱的片段。

比如：

慕桑第一次踏进这所院落时的恍惚。

慕桑看着她赤着一双脚来回走时的疑惑。

慕桑喝第一杯黑咖啡时紧紧皱起的额头。

慕桑背着背包离开时，向她挥手告别的落寞。

似乎，也只有这么多。

可为什么，他就如此喜欢一个这样不懂情趣的自己呢？颜总是一遍又一遍地问着。

不知不觉中，已暗了天色。日子过得总是很快，阳光也不解人情，连告别的话都不说，便自顾自地走了。

喝下最后一口咖啡，才发觉早已冷掉。凉凉的液体顺着食道进入她的身体，她觉得自己越来越冷了，不只是身体，还有心。

打开灯，随手捡起躲在角落里的手机，看那些囤积的信息。

颜，刚回到家，想告诉你，已平安归来。

按了门铃，知道你在家，在门外站了一会儿，感觉向你道了早安。

又来了，阳光很好，照在那扇斑驳的门上，我想到了第一次来见你时的情形。

门依旧没开，我往里面望了望，已经有很厚一层落叶了，不知道你一个人会不会怕荒凉。

请原谅，我为你来了，却不想，再为你走了。所以，我会一直等。

看完这些信息，她倚在墙上，望着这间老房子，它已经很老，很老。除了梅落，只有慕桑走进来过，颜问自己：你究竟是在等谁呢？

地板上，一只燃烧着的蜡。红色的烛泪一颗压着一颗，厚厚的。

躺在地上的酒杯里，琥珀色的液体一点一点溢出来，流到她的脚下。很凉。

她终于拨通了那个号码，喃喃着：我又醉了，冷得没有知觉。而更加清醒的是她的眼泪，滴落进浅笑的酒窝里。

五

这是爱么？偶尔孤单，然后怀念。这是爱么？星星和月亮都失踪的夜，突然害怕了一个人。

如果是，我应该是想走近你的，如果是，我该是有些小小窃喜的。

可是，没有。所以，不是。

看着记事本上的字，颜觉得自己真是个病态的人，一次次靠近，又一次次远离。

去年暮秋，她以为自己可以播种一颗爱情，冬季会发芽，春天会长出叶子，到这时分，该是开花的日子。结果，不是。

就像一只候鸟，准备迁徙。她最终选择匆忙逃离，甚至没有来得及收拾行囊，她怕。说出的话，在风中散了，她可以坏记性的任它去，却不能心安地面对慕桑。她知道，有些东西，自己真的给不起。这是第二次，狼狈离去，连情绪都来不及整理。

梅落问：颜，这个世间可有你心动的男子。

她答：或许。

小院空了，秋千也安静了。

满院子的绿，长得肆意，就连石子铺成的小径，都寻不到踪迹了。慕桑站在院门口，突然觉得她不会再回来了。她是个冷漠的女子么？任何都可以舍弃，可是，她不冷，甚至，她是灼热的。

院子很安静，安静得如同她没有情绪的脸，这世间，到底什么是她肯用情绪待之的。他想到了她坐在秋千上时的纯真模样，安静得像个孩子。

梅落把钥匙放到他手心中时，他似乎听到了心碎掉的声音。他把钥匙看得太重，他多心地想这意味着长久的离别。他不怪她，不怪她迈出了第一步，却又转身跑了，留他一个人。

这样时而欢喜时而落寞的日子，已经许久了，没有好与不好，只是习惯。就如现在，他已不再欢喜杜鹃，仿佛，所有她不期待的，他都极力清除着。

直到最后，剩下满满的，孑然独立的绿。

他以为自己已经慢慢读懂了她，经年的观望，远近的揣摩，连同她橱窗中一排排烟色的纸张，他已经熟悉到每一个字。可是走到最后，他还是不懂。她就像一个洞，让人越陷越深的洞，不见底。

南方小镇，总有下不完的雨。

多日的阴雨绵绵，总算停了下来。她的花鞋摆满了木格子的阳台，难得一次好天气，雨若是再不停一下，接下来的日子，怕是要光着脚穿街走巷了。

蓝色、白色、烟色的长裙挂满了那一条麻绳，风一吹，像是开染坊的人家。楼下的阿婆说：囡囡，你的裙子都好漂亮喏！

她听了，心里有小小的欢喜。她喜欢上了这里，阿婆说出的话软软糯糯，一笑起来满脸的褶子，让她觉得异常的美好和温暖。街边花店的女孩会做极好吃的甜品，每次路过，总会邀她进去品尝，她也不客气，径直进去便吃，味道清淡，带着清浅的花香。告别的时候，买上一束花，权当是一种酬谢，不然，她心里会觉得亏欠。

小苍兰，雏菊，风信子，鸢尾……

她房间里的花每隔两天就会换个样子，有的，甚至叫不出名字。

一天，花店女孩送了她一束海芋。

那是她第一次走进女孩的花店时，唯一能想到的名字。只是那时恰逢没有。

女孩说：送你的，喜欢花的人，都是热爱生活的人。

颜捧着那束花走了好几条巷子，漫无目的地走，一脸眼泪，一颗一颗落入花蕊中。

“喜欢花的人，都是热爱生活的人”，这句话，不停地在她耳边响起。

她想到了慕桑，那个爱花的男子，不知道，他现在快乐么？她亦不知道，从何时起，她的房间里，时有花开。

六

又是一连几天的阴雨绵绵。

小镇终日被一层雾气笼罩着。颜已经坐在江边很久，很久。那么大的水车，在她的眼中渐渐化作虚无，她不知道自己在看什么，只是莫名的感觉心里空落落的。

她已经很久没有去街角的花店了，偶尔经过，也是绕道而行。

弄堂有一家卖花伞的，精致玲珑的花伞很有名气。她每次经过的时候，都会进去走一遭，看看那些醉人的花色。

经不住诱惑，她也买了两顶，却从来不用，摆放在房间里，倒也成了一景。

常常一个人在弄堂里反复走，沧桑斑驳的青砖墙，总是潮湿的，脚下的青石板也水迹斑斑。她喜欢赤着脚在上面来回跳跃着走，脚板清凉凉的，不安的心也会跟着沉静下来。她突然感觉这样的日子竟也安好。

慈祥的阿婆又免了她一半的租金，阿婆说喜欢像她这样安安静静的女孩子。每日清早，煮好了米粥，阿婆就会在楼下唤她：囡囡，下来吃早点喏。然后，她就会一跳一跳地走下木楼梯，欢快地跑到阿婆面前，一脸甜甜的笑。

告别网络许久，从前的生活，离她似乎越来越远，从前的人，却让距离扯出了淡淡的想念。她有更多的时间，来回忆那些在她生命中出现的，少得可怜的人：梅落，还有慕桑。

她发觉自己真是一个冷漠的人，二十几年，抛却亲人，只有这么两个人存在于她的回忆中。而现在，就连这两个人也有些生疏起来。

她看了看躺在橱窗角落里的电话，兀自摇摇头。

拿起花洒，习惯性地去给兰草浇水，走到阳台，看到窗外的雨，她才恍然这里不是小院。她觉得自己的心思逃离了自己的控制，她总是不明白自己到底在想些什么。

听到有人叫自己的名字。她探出头，是花店的女孩。她拍了一下自己的额头，暗骂自己的粗心大意，竟然到现在还不知道她的名字，想想很是失礼。

颜，这是今早刚送来的海芋，很新鲜呢，还有我做的玫瑰糕，你好久不来了，所以就想来看看你。

她听了感动，挥着手让女孩上来。女孩看上去也兴奋，咚咚地往楼上跑，清脆的声音在楼道里有了回声，女孩说：我还以为你离开了呢，心想着见不着该有多么可惜，真好，你还在。

“真好，你还在。”

颜觉得这是她听过的最动人的话。

海芋很新鲜，白得像是冬日的雪。玫瑰糕很美味，淡淡的清香，还有丝丝的甜。女孩叫五月，说是五月出生的，花开的季节。

两人坐在阁楼里聊了很久，像是一对久未见面的姐妹。五月比颜小四岁，她叫颜姐姐。在这个原本陌生的小城中，颜觉得自己有了亲人，本来收拾好的行李，又归回原位。她拿出角落里的电话，开机。

她给梅落发了一条消息：突然不想回到小院了，记得代我常去看看那些绿。

然后关机。

七

颜总问自己：不是薄情的人，却为何，拒于爱。

梅落的邮件一封接着一封，性子一向温和的她开始对颜有了怨言：慕桑在打理着小院，当成自己的家，一院落的绿，井然有序，那你呢，真是个足够坏的人。

你这是真的不打算回来了么，如若真是，小院就租了吧。

不要再枉费别人的心意，你不能只顾着自己。

……

合上电脑，颜坐在阳台发呆。小露台的绿萝上还有雨珠。下了三天的雨，刚停，空气还是湿的，楼下的巷子，很安静。

昨天刚剪掉了一头长发，齐耳，很清爽。她的白色衬衫被风吹满，瘦削的身体在里面显得更加单薄。她看着玻璃窗上的影子，觉得有些陌生。从前长发散乱，她从未仔细看过自己模样。而今，她对自己不甚熟悉。

房间里的花还在开，前天买的，当时只有花苞，等到今日，才见得开全，弥漫成一室的馨香。一缕一缕的，飘进她的鼻腔。

人的性子里，应该是没有顽固不化的东西的。她如是想。

就如曾经，她极其讨厌花色绚烂，香气弥漫。而此时眼前，却有精致的花束，日复一日的插在骨瓷花瓶中。

对这个古老的小镇，她已经很是了解，每一条狭小湿润的巷子都有她走过的印迹。在点头微笑中，她认识越来越多的人，她俨然把自己当做这个城中的人，从日出到日落，休养生息。

有时候，她觉得这样的日子，是自己一直以来向往的，日子闲适，无风无澜。但也有时候，她会觉得心里空空的，像是有一个极大的洞，装进去的温暖，会在刹那间消失不见。什么才是她想要的呢，她还不明了，所以，她不敢轻易收拾行囊，更不敢轻易许下归期。

南方多雨，幸好她是喜雨的人，每日看窗外淅淅沥沥的雨，倒成了她的一份情趣。从前她从来没有好好问过自己，这一生该怎样消磨。很多时候，她感觉自己是脱离这个世界的。不想日子怎样过，亦不想将来的人生是怎样，甚至，连爱都是不清晰的。

不能睡的夜里，她总是会想到慕桑，想他们这样暧昧在不是暧昧的情节中，辗转多年。她甚至为慕桑感到不值。这世间优雅良善的女子何其多，他却偏偏固执地为自己空落年华。这样一想，她更加认定自己是个冷漠的薄情之人。

可从前，她曾偎在他的背后，伏于他的胸前，汲取过温暖。那些日子，她甚至相信了要与这个男人相伴终老，不离不弃的。即便到现在，她也相信，这辈子最爱她的那个人一定是慕桑，可是，爱，似乎不是这样就可以的。

她还没有做好全心全意去爱一个人的准备。她对待爱，太过小心翼翼。她曾问自己：你是怕他受伤么？答案又是不能确定的。她只知道，她想这个男人能好，能更好，即使不能，也要比她好。

聪明的女人，总会被爱折磨。她把所有看得太透，她太过灵慧，却不知道爱不是一道智商题，它不用你费尽心思去权衡，怎样是好，怎样是不好，在爱的世界里，并没有一个可参考的依据。

所以，世人常说，得到幸福的，往往都是笨女人。只是，她看不透这一点。因为看不透，她更不敢轻易许诺，她半生孑然，惧怕陷入纠缠中，被其累，被其乱。她宁可不深入，哪怕，会辜负了真情意，这是她的谬论，不能深爱，便离开。

但是，她始终不了解，慕桑是怎样想的。她把这些敏感的惧怕，自作主张的置放在慕桑身上，并认为，这是对他的好。然而，是不是呢？

慕桑依然守着小院，很长的日子，他坐在院子里煮茶听歌，看颜收藏的书。

小院里的绿，茂然生长着，一簇簇，一棵棵，很是精神。就像是慕桑的爱，已然长成，欲罢不能。喝完一盏茶，看完几页书，他总是习惯地望向院门。他安静地等待，想象着在某个细雨绵绵的日子，斑驳的木门中会有一抹笑，从外面的世界闯进来。

就如初识的样子，她如一只小鹿，抬起一脸欣喜，明眸望向他。慕桑觉得，这就是他的幸福，他愿意这样安静地等，等她明了自己心意的那一天。在这之前，他没有一丝离开的念头。

八

每个人的内心都有一扇禁锢的门，他人看不到，而自已亦不想打开。

没有谁能会完整地把内心赤裸裸的坦露给他人，哪怕是最亲密的人。人保留的，往往都是自己的劣根性。比如：自私，自卑，仇恨和痛苦。我们都不完美，所以我们才彼此包容。

颜觉得自己最近常常犯错，然后伤人，而自己也伤心。她总是不懂得权衡一些后果，所以，让一些伤害呈现得难以承受。明知道是错的，明知道该乞求谅解的，却还倔强地沉默着。

她是真的痛了，所以才这样极力地逃躲。她想起对梅落脱口而出的话：不要认为你懂我！

这是十几年中，她第一次向梅落吼，而且用了如此恶劣的语气，还有恶劣的言语。

如她所想，梅落在电话那端沉默了，很久的沉默，之后，是一阵绵长且沉重的忙音。颜哭了，眼泪很委屈，她的本意不是这样的，真的不是。她一再重复着：我不想的，真的不想。

可是，那些为自己忏悔的话，到了喉间就失音了，嘴巴张了合，合了张，她终究还是什么都没说，直到，电话里“嘟嘟嘟”响个不停的忙音提示她，梅落伤心了。

半个月的阴雨不断，她到底还是病了。

楼下的阿婆时常煲好粥送上来，坐在一边，静静地看着她喝完，然后再摩挲着她的手说：没事的，天气的过，养一养过几日就好了。

她看着阿婆笑，然后点点头，却不能开口。身在异乡，最怕的就是病中被他人惦念，人有时候很容易变得脆弱，不能担承一丁点儿的好。她想，若是和梅落通话时，她也可以委屈得不能开口该多好。可是，她却破天荒地使了小性子。

她喃喃：梅落定是能谅解的自己的。

这句话，仿佛是她说出来安慰自己的。她觉得若是连梅落都隐退在自己的世界中，她当真是再也没有可以亲近的人了。她也是想过请求梅落的谅解，可她素来言语匮乏，就连一句抱歉都辗转在喉口，直到硌疼了咽喉，却依旧是说不出。

开着机，电话就放在床头，伸手就能触到。她想等药效起了作用，不再沙哑地说不出声音时，告诉梅落自己错了。

这样想着便又陷入了沉睡，这些日子，她似乎和床形影不离，整个人懒懒的，哪里也不愿去，就连五月的频频邀约，她也婉言拒绝了多次。

不知是睡了多久，迷迷糊糊中被一阵铃声惊醒。她还没有缓过神，惺忪的眼睛环着房间搜寻，然后，才想起来是来电铃声。电话接通了，那端却是沉默的，没有声响，隐隐约约的似有不规则的呼吸声。她小声说：慕桑。

恩，还想着说些什么呢，梅落在小院，喝了酒，醉得很沉，一直念叨着你。

她怎样，慕桑，帮我照看她吧。

还好，我知道应该和你有关，或者，你也是惦记着，所以才打电话给你。

恩。

他总是那样温软，就连声音也如此让人踏实。颜觉得自己长这么大，似乎都是飘忽不定的，对自己没安排，对他人不担待，最后，成了这样一个不知好坏的人。

慕桑没有问她什么时候回来，也没有问她和梅落之间的事情，所有她不想面对的问题，他一概没问。最后，他只说了句“照顾好自己”，然后挂了电话。

颜听着听筒里的嘟嘟声，想象着他的温软笑容。心头，一阵阵疼。

窗外淅沥，潮湿的雾气跑进房间，赶也赶不出去，就像是她的眼泪。她知道，梅落并没有怪她。她突然想出去走走。带上油纸伞，去看看五月，去一人弄听听雨，然后再去巷尾听年长的盲人略带沧桑和沉重的评弹。

这样想着她便起了身，站在衣橱前来回看了许久，终也找不到一件可心的衣裳。最后，还是去凉台的雨篷下，收了长裙回来，拿在手里，还有一些潮。

绣鞋没来得及收，放在无遮挡的地方，积了满满的水，她暗暗埋怨自己，对生活越来越不用心思了，好在还有一双新买的白色帆布鞋，一次都未上过脚。只是，这样水嗒嗒的天气，穿出去怕是回来就没了阳寿，她穿上脚的时候，有些暗暗的对不起。于是，鞋带解了系，系了解，最终还是冷心肠地穿了出去。

巷子里几乎没有什么人，还不是旅游旺季，长长的一条巷子，也只不过有三三两两的女孩子，撑着花伞，拿着单反，好奇地游走，宛若她刚来到这个小城时的样子。

先去看了五月，那个终日带着微笑，灿若莲花的女孩。

走进花店，冷冷清清，没有人，亦不见五月，颜踌躇是否要留下之时，背后就想起了一声清脆：咦，是姐姐哦！

颜转身，看到捧着一怀海芋的五月，大朵大朵白色的花趁着她红扑扑的脸蛋，真是娇艳。颜笑道：哦，这是哪里来的美仙子呢！

五月一听，羞红了脸，连声叫着姐姐坏，然后找了个空闲的位置，把花束放好。随后说道：姐姐，这些海芋你拿去吧，很新鲜，你看，花瓣肥得很呢！

颜听了连连摇手，忙说道：再也不许这样了，你是做生意的，不然你就收下花钱。

这次不用的，一早楼上的客人就定了许多海芋，店里没有，我便让阿公给送下山的。阿公说这些天总下雨，花待在花田里怕是要烂的，这不，送了这么多下来。

那也不好，这样，这些花我全拿走，你给我打个折扣就好，不然那就算了。

五月知道她是认真的，不能再托让，就应了她的提议。

在花店和五月聊了一些时候，吃了几块玫瑰糕她就离开了。

捧着大束海芋，在巷子里行走，站在一人弄的出口听雨滴落在青石板上的滴答声，很清脆。

有偶尔经过的人，好奇地看她，她低头看着怀里的花，有些无措。她觉得自己越来越不可理喻了，望着长长的巷子，她问自己：你要往哪里走呢？

九

梅落，什么是爱呢？

爱就是当你想一个人的时候，心里觉得满满的。

从南方小城回来的时候，已近冬天。

在温暖的地方生活了太久，对寒冷就丧失了原本的抵御能力。所以冬天来的时候，颜生病了。

持续的感冒，不懂怜惜地攫取着她的精力，让原本就单薄的她愈发消瘦不堪。还好有梅落每日陪在她身边。

中午时分，太阳怜香惜玉的跑了出来，巧巧地照进颜的窗，明晃晃地打在她的床上。梅落说：看，多好，连太阳公公都出来安慰你了。颜抬起脸，向着有光的地方望去，一双眼睛被强烈的光线折射出了一丝丝闪亮。

梅落问：暖不暖。

暖，很暖，你看，眼睛都被捂热了呢！

尔后，梅落看到了颜眼眶里的潮湿。

颜，不是说不喜欢北方的冬天么，怎么还这样安静停下来。

曾经，每到天气转寒的时候，颜总会向梅落叨念：这北方的冬天，当真让人无法留恋。可如今，她依旧年复一年的留在这里。她很矛盾，一方面固执地抗拒着，一方面又倔强地认为，如果体验不到寒冷，自己又怎么会感知到温暖的美好呢。所以她说：因为北方的冬天会让我想念温暖。

一晃眼，下了几场雪，冬天的脚步越来越远了。

一连几天的大风，天空总是灰蒙蒙的，好在，天气总算温暖起来，梅落开始张罗着去院子里坐坐。经梅落这么一提议，颜还真是有些想念她的秋千了，似乎从入了冬开始，她就再也没有光顾过。

小院里的枯叶很厚一层，曾经那么生机盎然的绿色，几乎在转眼间，成了凄凄荒凉。颜觉得心里有些莫名的情绪，像是打翻了调料瓶一般，说不出是怎样的一种滋味。

抬起头，阳光从梧桐树干枯的枝桠中明亮地洒在她的脸上，她把眼睛眯成了一条线，那些弯曲交错的枝条，在光影中变成了浅浅细细的脉络，就像是她杂乱不堪的掌纹一般。她骤然记起了一句话：爱情不知什么时候能在你这里圆满。她忘了这是谁说过的话，但是却深刻地铭记住了那说话者的怅然语气，还有她悬在半空，久久无措的手。

很多时候，她总是怀疑自己的记忆，所以在追溯一些往事的时候，她总在怀疑那是别人的故事，只不过发生的时候，恰巧被她撞见而已。

就这样，她把日子过成了一片混沌。哪些是她的，哪些不是她的，她总也分不清，辨不明，时日久了，她就把自己当作了旁观的客，好不好的，跟她也就没了关系。

慕桑还是会偶尔的问候，只不过，不再那么频繁。

远远近近地接触，言语不多，但也已经走过了多年。对于颜的一些喜好，在那么长的时日中也摸索出了一些分寸。

所以，他小心翼翼地丈量着属于他们之间的距离，寻找一个可以落脚的点，不远不近。

一个人喝咖啡的时候，他也会不甘心地想一想，假如不遇见她，结果会不会好一些？假如不执意闯进她的生活，他们又该是怎样的？可这些，也只是他的想象，他不愿那些假如破坏了他多年维系的情意，他用心良苦只为她好，若不能，他所做的一切，也就没了意义。

一连几日，他在电话中读书给她听。

小说、散文或者诗。爱情，还有生活。他坐在沙发上，寻找一个舒服的姿势，然后放好听筒，念给她听。想象电话那端的人，偎在床上，柔和的灯光洒在她光洁的额头，睫毛下的暗影，是她孩子气的娇弱。

他发现，唯有在她生病的时候，她才肯卸下伪装的坚强，孩子气地委屈在一些呢喃中，轻轻细细，没有防备，没有尖锐，也没有无关的冷漠。

她说：刚才那一段的语速可以放慢一些。

她说：女子的言语是没有情绪的，那个叹词不太准确。

她说：你应该加些小情绪进去，因为她坏脾气了。

她说……

他耍着小心机，时不时地卖个漏洞等她纠正。这样，可以听她多说一些话；这样，可以耗一些时间，等到适合的时刻，说上一句晚安。

这是第一次，他为自己的小聪明窃喜。他反省从前，不该把她看得太过复杂，因为，由始至终，她都是简单的。简单到不考虑外在，不考虑现实，亦不考虑任何还未发生的事。

原来，这就是他们之间的不同，他把日子想得太过长远，而她只活在当下。就如曾经，他自作主张地为她设计生活一般，原来，他当真是不了解她的，也当真是不知道她想要的是什么。

难怪她问：你是爱我的么？你知道我喜欢什么吗？你知道我不喜欢什么吗？

如果早一些发觉，该有多好，他如此想。

梅落，什么是爱呢？

说这句话时候，颜正翻着那些烟色的日记。她不知道自己怎么会问这个问题，因为当她发觉的时候，那些话已经溜出来了。

爱就是当你想一个人的时候，心里觉得满满的。

那你呢，爱了么?

当然，很早之前就对你说过，看来，你是没放在心上。

可我的心空了那么久那么久，要多少日子才能满满的呢?

那就先把你的心打开吧，那样，爱才能进来。

哦!

颜合上日记，目光停在了封面上，若有所思。封面上是一只孤单的鸟儿，阳光照在它的身上，那黑色的羽翼似乎动了。

十

我不知苦，亦不知累

我愿意在有你的世界里，安放好自己。你在哪里，我便去哪里。即使你从不回头看

这世间迢迢路远，隔山隔水跋涉

我，只为抵达你

——慕桑

四月的小院，生机盎然。梅落在落雪的二月披上了婚纱，远嫁法国，那个浪漫的国度里，有颜喜欢的梧桐。

梅落走的时候，颜没有去送。她把自己放在小院的秋千上，荡了半宿。那时候，雪还没有化，她白色的大衣上，被雪水染出了一片浅灰色的脏。

梅落发了很多信息，一条接着一条。发到最后，梅落甚至想立刻回来。

颜安慰：让你照顾习惯了，我都不能自理了，求求你，别再害我了。

梅落骂：没良心的，还不是不放心你一个人。你还反倒怪我了。

所以，你就安生呆在那里吧，等我想看梧桐的时候，就去看你。

好吧，可不许坏记性地把我忘了。

嗯，我把你的照片放在镜子上，日子久了，我就成了你。

受不了你了。

……

已经两个多月了，从梅落踏上飞机离去。

颜的生活一如既往的清淡安静。小院从荒芜到青绿。春天似乎也流连于此。

颜在秋千旁种下了一棵小梨树，不知道哪年会开花。迎春的叶子绿油油的，一簇一簇地很有质感。颜觉得叶子比花儿更娇艳。

梧桐树的叶子还在努力地长，院子外面的杨絮不经邀请在院子里漫天飞。颜很不喜欢它们落在那一片绿上，百无聊赖地依附着，不肯走。

慕桑时常推门而入，带来她喜欢的花束。

他们偶尔在院子里喝茶，偶尔一起赤着脚做个快乐的花农。潮湿的泥土裹着颜白皙的脚，像是一颗没有深埋的水仙。

慕桑拿着花铲，一下一下刨着泥土，挖一个安稳的坑，将一株三色堇轻轻放进去。他扭头看向身后的颜，她正一蹦一跳的往秋千那边去。

颜，还喜欢什么花，我得空再去花圃看看。

你看着选几种就好。颜一边说着一边撩起裙摆，低头看了看脚上的泥巴，又转向水龙头那边。

喂，水太冷，小心着凉。慕桑扔下手里的花铲，两步跑过去关上了水龙头。

哪有那么娇惯。颜说着踮起脚尖，甩着被水溅湿的裙摆，小腿上一阵一阵的清凉。

慕桑，你每日来这里陪我，不觉得无趣么？

颜写完最后一行字，然后侧着身子看向正在给花瓶换水的慕桑。三日前的花，到今天仍然水灵得很。颜向慕桑讨教秘诀，慕桑故作神秘，只说了一句：保密，万一教会了你，过河拆桥不要我进门怎么办。

颜听了，张大嘴巴，好半天没讲出话来。她心想：这个一贯成熟稳重的家伙，几时变得这样小孩子气了。

慕桑见颜诧异的神情，先是心里偷偷乐，继而奸诈地笑出了声。他说：你还是认真的时候更可爱些。

然后他们从房间到院子里，追追打打，一个喊着别跑，一个喊着救命。跑累了，两个人便斜躺在秋千上，有气无力地乐着。

四月的阳光足够温暖，颜靠在慕桑的肩头，闻他棉布衬衫里的松脂味道。她发现：并不是所有的香水味，都那么不喜欢。

临近月末的时候，开始下雨。先是雾气，后是风，最终滴落一片湿。

慕桑每天来小院的时间提前了，离开的时间延后了，他在小院的时间开始越来越长。

院子里的石桌石凳上全是雨水。秋千穿上了蓝色的雨衣，被偶然经过的风摇来摇去。

秋千已经老了，不知道还能经受几次雨。颜喃喃，眼神在阴暗的天气里显得不明朗。慕桑看着，听着，他说：等天好了，再去选一个可好。

慕桑，我想问你一个问题。

问吧。

从前那么对你，你都不觉得委屈么？

委屈？能碰到你，我只觉得幸运。慕桑说着，用手轻轻弹去落在颜刘海上的雨珠，她光洁的额头上，笼罩着一层朦胧的水汽。

颜觉得眼眶有些烫，烫疼了眼睛。她在想昨晚和梅落通电话时说的话：

颜，慕桑每天都去小院吗？

嗯，尤其是最近。

还想把他推出去吗？

还好，似乎习惯了。

生活习惯习惯就好了，其实，爱情也是这样。不习惯的爱，又怎么会成为爱呢？

是这样？

或许不是，但也或许是呢？

颜不知道，其实慕桑真正想说的是：这所院子，他进来，他离开，他等待，他不说，只是为了慢慢走近她，哪怕千山万水跋涉，只要她在，就是值得。

十一

我在原地等着，等着你愿意迈出来。

我不许你天长地久，更不愿做你捆绑自由的绳索。

我能做的，我要做的，是想让你幸福些。

——慕桑

一场接一场的雨，在初夏。

通往小院的路上零落了许多潮湿的花瓣。紫色的、白色的、粉红的。路上还有一摊一摊的积水，积水上面漂着薄软的叶子，毫无生气的绿色。

早上六点钟，慕桑在山路上一步一步地走着。没有开车，由于来得太早，他把车子停在了山脚下。他在想，此时的颜应该还在睡梦中吧？梅落昨日打电话给他，问起了他和颜的近况。他才恍然，他是没有想法的。昨夜一宿未眠，他坐在书房里听了一夜的曲子。

他真是没想法的。从他打定主意以一个朋友或者亲人的身份陪在颜身边时，他就已经没了想法。他甚至想，如果一直得不到回应，他就一直守着，等到某一天，她能发现。

如果这些假设不来临，他会一直这样下去。

想到这里，慕桑笑了。

慕桑在门外来回走了许久，颜还在睡。院子里还很安静。秋千上的蓝色雨衣还未退去。院子里的花儿有些没精神，一棵一棵垂着头，像是有满腹的心事。

门上，已经有了斑驳的痕迹，隐隐透出霉绿色。

不期然的，他想起第一次来看她的情景。荒凉的小院，长满了及膝的草，颜穿着白色长裙坐在秋千上，荡来荡去。阳光洒在她苍白的手臂上，一本书遮住了她的脸。她的手指很漂亮，细长洁净，他却感觉到了一丝寂寞。

他说：你好。

书本轻轻移开，后面，是一张犹如花开的笑颜。她不是惊艳的女子，却干净得另有一种说不出的味道。

他通过文字认识她，又被文字牵引着前来看她。临来的前一晚，他消息她：我能去拜访你么？

为什么一定要拜访呢？

因为好奇。

好奇的人都是可爱的人。只不过很容易面对失望。

不会的。

这么肯定。

嗯。

那你来吧。

就这样，他来了。他以为那个写着“世间一切事物皆可爱”的人，必定是豁朗温暖的。她是。可惜，她又不是。

她是矛盾的。温暖亦冰冷，豁朗亦悲伤，坚强亦脆软。总之，她对立不协调，却又能自安一处，从容生活。

他在日积月累的日子里，逐渐认识她，越走越深，直到深陷其中出不来。但他不懊恼，因为，由始至终，她都是坦白的，真诚的。她不欺骗他，甚至真实的有些冷绝和让人无法承受。当满满的热情被她无情驳回时，他曾想过要放弃，但是真正要放弃的时候，他才发觉，原来放弃比被她伤害还要难过。

就这样，他做了一个与她撇去情爱纠缠的蓝颜。且心甘情愿地守着这个冷漠待他的女子，一去数年。

久而久之，成了习惯。似乎他原本就是无所求的，就这样，也是很好。

就如梅落曾问他：这样付出，值么？

他只是笑，未作答。

什么是值得什么又是不值得呢？感情的事情本来就是

很难说清楚的。值与不值，重点是看当事人作何想。慕桑认为，自己是愿意的。

吱呀——门开了。

一双白皙的脚先落入了慕桑的眼中，还未抬头，便责怪了一句：怎么又打赤脚？

呵，清凉凉的很舒服呢！

等到生病了你就不这么说了。

到时候再想啊，反正现在还没有。你来了好一会儿了吧？

嗯。慕桑说着用左脚尖点了点地。

那怎么不进去呢？

怕你还没醒，吵着你。

很早就醒了，一直坐在房间里听歌。

预报说今晚还有雨。这几天降温，你要多穿点。

嗯，看看吧，你总拿我当小孩子。

慕桑没再接话，跟着颜往院子里走。然后看到火炉上烧着水，于是问：怎么，一大早就煮茶啊？

感觉你会很早来，煮好了等你来喝呢！

说到这里，颜顿时怔住了。她像是一个做错事情的孩子被人撞个正着一样，尴尬地立在了那里。慕桑也是一怔，他怎么也想不到这样一句话是颜对自己说的，他觉得自己的心像是一朵绽开的花儿，花心里满满的喜悦都快要溢出来了。

时间仿佛给冻结住了，他们两个站在各自的空间里，姿态定格。心事就像是极力掩盖的不安，揣揣着，按捺不住地躁动着。

颜还没有想好接下来要说些什么，她只是觉得这样的一句脱口而出的话，隐隐证实了些什么——爱，或者不爱。她开始认真琢磨了。

慕桑欢喜着。仿佛这是几年来唯一一件令他如此欢喜的事情。意识到了颜的无措，他立刻解围：在路上还寻思要讨一杯茶喝呢，这样巧，你竟然准备着。

呵呵呵，是吧，那你先看着火，我去准备东西。

颜觉得尴尬，头也不回地往屋里走，可耳后的红润却出卖了她的心思。

慕桑笑着看她的背影，还有她在裙摆下若隐若现的沾满湿泥的脚底，他的心里，有一种前所未有的喜悦。

院子里，各种植物精精神神，在这一簇绿色中，一株三色堇已经开出了紫色的花儿。

十二

五月的雨水多。天气也总是难以捉摸。

因为偏爱这时节的风，所以，颜的窗子一直都是敞开的。白日凉爽，夜晚清冷，几日下来，固执竟惹出了病。

慕桑去南方勘察项目，已经有些日子没来了。电话不断，但每次，颜也只是匆匆说上几句，便挂断。似乎，她还不怎么习惯用一个听筒来说一些她不擅长的话。多数时间，她都是沉默的，或者简单的嗯哪。比如他问：

最近怎样？有没有好好吃饭？

她答：嗯。

天气变化快，你要注意身体？

她照旧：嗯。

再有两天我就回去了。院子里的花儿都开了吧？

她继续：嗯。

察觉到自己言语的苍白，她便草草地说上一句：你忙，我挂了。

其实，他不忙。只要能听上她说几句话，再忙的事情也会变得无关紧要起来。

梅落依旧时常打来电话问起他和颜的事情。他不知道，相同的话她会不会问颜。而颜，又会如何作答。很多时候，他就是这样好奇。他原不是如此心重的人。可自从遇见了那个眉眼寡淡又让人忍不住打探一番的女子后，一切都变得与往时不同了。

三亚的阳光充足到不行。每每心情被天气连累到烦躁的时候，他总是格外的怀念颜的小院。老梧桐下的阴凉里，好像渗透着山间清凉的泉水，沁人心脾的清爽。坐在那架秋千上，摇摇晃晃地引来一阵风清凉。多好，偶尔还能美美地品一盏颜亲手煮的茶。在青花杯里，落下几瓣菊花，清香得很。

想到这里，慕桑忍不住又拨去一通电话，却是一阵阵的忙音。无人接听。重拨，照旧。他笑，莫不是又在秋千上摇着或者陷入了睡。很多时候，她是个贪睡的孩子。

真是睡着了么？还是摇在古藤里？

都不是。她在阶前坐着。眼睛盯着亮了暗，暗了亮的屏幕，眼睛是酸酸的。这是感冒第二天，眼睛浮肿，鼻子红着，原本就苍色的嘴唇干裂开几道纹路。她发现，不知从什么时候开始，自己变得这样容易委屈。

这种时候，她是渴望温暖的。或者，一句关怀的言语。梅落来电话的时候。她还可以假装好好的样子。说着，笑着，言语清浅，如同往日。可如今，嘶哑的语言已经无法掩护她的安好。她不想成为慕桑眼里脆软的人。所以，任电话响了又响。她把下颚抵在隆起的双膝上，呆呆地望着满院的绿色和花。心里，百感交集。

三日没有接电话，只是在信息中说一些间断的言语。

慕桑总觉得有些不对劲。至于哪里出了问题，他倒也说不清楚，只是感觉想要迫切地回去看看。是的，看看就好。

下了飞机。直奔小院。甚至，他没有告诉颜今日要回来。

推开门，抬起头，四目相对，他看她蜷缩在秋千里，红肿的眼睛，憔悴的样子像个委屈的孩子。白色的长裙把她单薄的身体罩在透明的风里。他看着她，第一次觉得这么难过，这么疼，被她拒绝过那么次，他都没有这样伤过。

看见他站在那里，她瞬间妥协，想都没想，直奔向他的怀里，她不知道自己为什么会特别渴望他的怀抱，然后让他轻轻拍着。眼泪晕湿了他卡其色的格子衫，混杂着他一路赶来的汗水。她第一次闻到了温暖这么具体的味道，真实的，可及的。

傻丫头，怎么不说呢？

因为是傻丫头啊。

怎么不去看医生呢?

躺躺就好了。

这么固执，真拿你没办法。

呵呵呵，气馁了么?

才不会。我很有韧劲的。屡屡受挫，但绝不放弃。

你是耍赖皮。

有么?我是铁杵磨针。

好了，不和你贫了。

要不要喝点粥。

嗯。

等着，给你端来。

看着他转身，她的心里像是一湖被搅乱的水，一阵阵起着波澜。

给，慢点喝。

她接过去，一勺一勺往嘴里放，低着头，一句话也不说。

怎样?我加了点菜心，怕你嘴里没味道。

她没有看他，只是点着头。

似乎察觉到了房间的凌乱，慕桑开始动手打扫。蒲团还在屋檐下，泛着潮气。怎么能放心这样一个人呢？

慕桑。颜唤他。

嗯。他听了回过身，看了看颜。她正看着自己，嘴角挂着笑。

如果哪一天，我走累了，到你那里歇脚好么？

他看着颜，千言万语只剩下两个字：好啊！说完，就傻傻地笑了。

十三

他懂你，所以即使沉默，也能读出那些未说出口的语言。他不懂你，任你说破嘴，也只是枉然。

颜说：你把你放哪儿了。

慕桑笑笑，指指她，说：你那儿呢？

颜不再说话。她觉得，爱情有时候更像毒药。让人深陷，甘愿丢了自己。

动物会冬眠。人在寒冷时节，躲在一室温暖里，也有猫冬一说。

每每冬天，颜最常说的一句话就是：去南方吧，冬天的北方真是难熬。但充其量也只是说说，从来没见她在寒冬时节，做一只南迁的候鸟。她说：人的潜意识里，都有恋痛综合征。这是人对体验的沉迷，因为感觉反应，是一种幸福。

但是，颜会猫夏。躲在小院子里，不出行，院子里的秋千，也只是在晚来有风的日子里，那么悠悠地荡上些时间。

就这样，两个人把长长短短的夏日，搁置在了小院里。梅落屡屡邀请，颜懒懒推辞。那么远的国度，她不想跋涉。尤其，除了梅落，法国没有让她向往的地方。

一次，颜开玩笑给梅落说：你若是嫁到非洲多好，我做你的陪嫁丫头也是愿意的。这句话让梅落一时无语。这个一天到晚言语无状的丫头，什么时候都能蹦出几句让人啼笑皆非的话来。慕桑在一旁听得入神。看着颜恶作剧的坏笑，总是拿捏不准眼前的整个人是那个寡言寡语的清冷女子，还是俏皮可爱的乖张孩子。

窝在院子里不肯出门的颜，有模有样地研究起了饮食。

慕桑因为公司的事情，每周有三天的时间不能来陪她。她从无埋怨，也乐得如此清闲。早早起来浇花，看书。放上一支曲子，便开始在厨房里实验。绿豆、百合、雪耳、枸杞、脆藕、糯米，杂七杂八五颜六色的材料放满了瓶瓶罐罐。她看着食谱配来配去，俨然一副专家模样。难怪慕桑称其为：花式厨艺大师。呵呵，是够花的。且不说味道如何，光看着颜色，口水就忍不住地流了。

午后温茶。一壶两杯，青花白瓷，相映成趣。多数时间，两人温茶说话。说什么话呢？什么话都说。说院子里的花，院子里的草，就连偶尔飞过的蝴蝶也能絮叨上半天时间。调换着听彼此喜欢的曲子，推荐彼此爱看的书，就连选择一件衣衫，也能引出很多趣味的话题。

喂，试着穿粗布大褂吧，一定很配你。

配我啊，配我儒雅？

嗯嗯，真是一点儿都不吝啬自己的优点。

那是一定。做人得厚道，厚道彼，也要厚道此。

那你如何厚道我呢？

不能厚此薄彼，所以哦，也要给你做一件。

做一件什么？

粗布小褂，呵呵呵。

颜听了，不说话，朱泥壶里续上水，闷上两分钟。慕桑说，该出汤了吧，会不会苦涩。颜回上一句，怎么会，这道茶必须要闷上一闷，这样味道才足。不信，你喝喝看？

颜说着便给慕桑斟上一杯，巧笑倩兮地点点头，示意他尝尝。

结果，只看到慕桑皱着眉头苦着脸，才将一杯茶汤送进口里，然后不顾形象地咕咚上一碗白水。

慕桑心里想：这女人心，真是海底针。

晚上，落了窗帘，两人窝在沙发里看电视。

从前，颜很少看电视，觉得里面的情情爱爱，太费心思。

不过慕桑偶尔会看。她若没事，也跟着看上一段，断断续续的，没有深入，看过也就看过，并不记得。

慕桑边看边发言：最近都是一些家庭伦理剧，生活真是无小事啊。柴米油盐都能折腾上几十集。

生活原本就是一出剧，人们不都这么说么?

你不喜欢。慕桑问得很小心。

还好。颜把头放在他的腿上，把赤脚往毯子里缩了缩。

颜，我想问你一个问题。

有关婚姻的。

你怎么知道?

因为是你问的，所以知道。颜没有看他，只是拿指尖在他的腿上画着圈。

慕桑突然一怔。颜的这句话让他一时不知该如何接下去。

其实颜心里明白，于是接着说：两个人相爱，一定要步入婚姻么？如果不爱了，婚姻能为爱情争取些什么呢?

慕桑，其实爱与婚姻是无关的，有关的，是他们想一辈子。可如果不能，婚姻也只是一道程序罢了。

那你……

我只是不喜欢形式。一切的形式，我都不喜欢。就像不喜欢生日聚会，不喜欢情人节，不喜欢家庭聚宴，不喜欢相爱时的宣誓，不喜欢履行责任的诺言一样。在我看来，它们和葬礼没什么不同。

颜说着站了起来，走到橱柜前，然后转身问：喝一杯么？

慕桑摇摇头。他知道，颜永远都只能是颜。她没有说出的话，他懂得。她想说：在我们相爱的时候好好爱了，其他的还重要么？

凌晨，她没有睡意，坐在台灯底下写字。

沙沙沙——沙沙沙，笔尖划过纸张的声音，很轻，很细。

她的脸被酒染得有些红。眼睛里有潮湿的情绪，一点一点溢满她的眼。她不抬头，只是*沙沙沙*地写。

颜，你的梦想是什么呢？

哦？

梦想。

梦想？没什么梦想。就是在属于我的时间里做我自己，嗯，这样就好。

那就不要为谁改变。就这样做你自己吧，就做你自己。

可是，你呢？

我？如果你不能做你，那于我还有什么意义呢？

颜点点头，她觉得喉口有些紧，紧得说不出什么话。眼睛好烫，一滴泪落在纸上，啪嗒——晕湿了几个字，像是几朵淡蓝色的云。

烟黄色的纸张上落下几行字：

很多年中，总在不确定中和自己相持，精疲力尽后，也不过是眼角的一抹潮湿。人，不能承受的痛有多重呢？原来任何劳心劳力的抉择，都是浅薄无用的。

别和自己战争了，把所有的思量遗弃在身后，跟随自己的心意走，或许才是对自己最好的成全。因为总有些不能预知的事情发生着，等待，有时候是种奢侈。

放下笔，颜抬头看着慕桑，说：谢谢你，从没离开过。

桐花开了

三毛曾说：你的心就是我的海角和天涯，我不能去得更远。我们此生共赴天涯海角，不是游走半个地球，而是人间相伴。

后来，他把这些字用她喜欢的小篆仔细写好，挂在书房的窗前。每天看一遍，路过那扇她喜欢的窗，向里望，就像她仍在的模样。

窗外的桐花开了又谢，谢了又开。藤蔓也绿了黄，黄了绿。一年一年，好时光流逝的悄无声息。树没有再茁壮，叶子也不比往年更浓密，一切都是旧时模样。唯一变的，是他的鬓角处，竟然早早生出了白发。

梓江每周都会来看他。雷打不动。

每次来，都会带一束雏菊。是那所小院的女主人一直喜爱的。

梓江径直推开门，这扇门，已经有小十年没有落过锁了。轻轻一推，吱呀一声就开了。然后，就是一片菜畦。

芦笙，我来看你哈。梓江对着空院子喊一声，便关上门进来。他知道，那个人会听见。

果然，正房旁边低矮的小木屋里，芦笙偻着身子走了出来，手上满是细白的泥。

又在做什么好东西?

想做几只花器，尺素之前留下了许多画稿，我照着模样做几个。反正都是她喜欢的东西。芦笙说着，走到院子右边的角落里，打开水龙头，哗哗地洗起了手。还不忘说:你也帮着我参谋参谋，试了几次了，总觉得哪里是不对的。

梓江没有说话，在梧桐树下的石凳上坐下，向芦笙摇了摇手里的花，示意他赶快找个东西把它安置好。

看你，总也不忘。每次都是花要枯了，新的就准时送来了。怎么就这么正正好好呢。芦笙笑着甩了甩手上的水，胡乱地往身上一拍，就等于是把手擦净了，可明明，那粗布衣服上满是泥浆。

我看你还是把后院收拾收拾，再种上一些花儿的好。你看，那里都空了好久，青草都枯荣了好几岁了。

芦笙的脸上有些不自然的神色。他低着头，双手交叉着来回搓动了几下。这样的神情在一个将近不惑之年的男人脸上出现，总是让人心酸且心疼的。

算了算了，你也不擅长弄这些花花草草的，还是种你的菜，烧你的陶吧。梓江故意用一种颇为失望的语气对芦笙说，其实，他心里又怎会不明白，那句话勾起了芦笙多么沉重的回忆。

很多年前，后院很美。

一片花海。雏菊最多，铃兰次之，还有一些点缀其间的海芋和扶郎。

这是尺素的家。尺素的父亲沈远疏是个陶艺家，母亲梅华是颇有名望的画家。夫妻俩在半山腰上置了座院子，除了每周两天去市立大学授课，其余的时间都在这院子里生活。

尺素、梓江、芦笙，还有碧薇都是市立大学的学生。他们专业虽不一样，但选修的科目里都有尺素父亲的陶艺课。

那时，他们几个很交好，尤其是梓江和尺素，十岁之前，他们都是亲密无间的玩伴。后来，山上的院子建好，尺素就和父母上山了，他们见面的次数也就少了。再后来，上了市立大学，两人又重新亲密起来。不过这种亲密是无关男女情爱的。一个是对妹妹爱护有加的哥哥，一个是对哥哥依赖敬重的妹妹。

芦笙是个乡下来的孩子。初到大学的时候，身上的山野气让他整个人都显得异常鲜活。他活泼好动，总能说出好多新鲜有趣的事情，再加上他长得俊气又有才气，自然很容易博得他人的好感，尤其是一些女生。这其中就有碧薇，当然，此好感非彼好感。至于尺素，那是相处很长一些日子后才有的了解。

一日，碧薇问尺素：你觉得芦笙怎么样？

像个油猴。

油猴？怎么就像个油猴了呢？

猴子本身就油滑，可他比猴子还滑，那岂不是油猴了。尺素说完自己倒先乐了，乐得眼泪都溢出了那双漂亮的杏核眼。

就属于你嘴坏，小心长口疮。碧薇拿食指点了点尺素的额头，像是嗔小孩子一般。

后来，芦笙跟着梓江去听了一堂沈远疏的课，于是着了魔般喜欢上了陶艺。他对梓江说：我要做个陶艺家。我天生就该是个陶艺家。我们山里的孩子，都有制陶的天赋，我们和泥土最亲。

说这些话的芦笙是可爱的，双手随着说话的节拍伸合，一双眼睛里满是醉人的春光。那天，站在教室门口的尺素，突然就觉得芦笙不是油猴了，他成了一个洋溢着纯真和灵性的有无限才气的孩子。

碧薇说：你看，油猴又开始疯癫了，真可爱。

尺素说：他不是油猴呢，是真人。

碧薇愣，望了望芦笙，又看了看近处的尺素，不明所以：真人？

对，真人，真真的人。尺素说完，一转身，风似的不见了。

梓江，我喜欢尺素。芦笙气喘吁吁地跑到梓江的寝室，也不管有没有别人在，大声宣布道。

梓江放下手里的书，转头看着眼前这个大汗淋漓的人，一时愣在那里，不知该说些什么。

你倒是说话呀。我喜欢尺素。芦笙又喊道。

那，那你是不是应该去找她，而，而不是我呢？梓江有些不解，这到底是给谁告白呢。喜欢尺素和自己好像没有太大关系吧。就算是兄妹交好，可感情这种事毕竟得当事人来决断吧。

芦笙摸着自己的后脑勺傻笑了半天，然后四望了一下一脸惊诧表情的室友们，这才觉得有些不好意思了。

呵呵，呵呵，对不起各位了，太兴奋了。梓江，我就是想说给你听听。

还没等梓江弄明白怎么一回事，芦笙自己倒先跑掉了。梓江想，这个风风火火的人，配那个伶牙俐齿的人，倒也适合。

那是五月，花开的季节。什么花都美，什么花都开得那么信心百倍，惹人怜爱。

那是芦笙第一次到尺素家。那个建在半山腰的，有青山绿水相伴的小院。

那日同去的还有梓江和碧薇。

沈远疏在侍弄院子里的菜畦，挽着裤管，一脚的泥，手里拽着水管子，一垄一垄地往菜畦里灌水。

沈教授，你也种菜呀。芦笙边说着边挽起袖管裤管。

别别别，你们先坐着去，我马上就弄好了，别弄得你们一身泥。沈远疏忙挥手，想拦住芦笙。

这没什么，在乡下的时候，我常干这些的。乡下的菜地大，一眼都望不到头，大家干得那才叫起劲呢。沈教授，来，给我，您歇着，我准保给您收拾好了。

沈远疏也不再推辞，便用水管浇洗了脚上的泥，然后递给芦笙。

碧薇笑：芦笙，这下你可真成了赤脚大仙了。若是尺素看见你这副模样，指定不能再叫你油猴了。

好啊你碧薇，趁我不在，竟然在背后坏我。尺素手里捧着一大束的海芋从后院的小门里出来，后面跟着一脸笑意的梅华。

我哪有坏你，我这是爽朗朗地讲“真真”的话，我可是个“真真的人”呢。碧薇说完，就开始没完没了的笑，笑得尺素一脸通红。

我不跟你讲了，坏丫头，讲不过你了。尺素跺了下脚，转身跑进了屋里。好久都没出来。

梅华不明所以，看看梓江，看看沈远疏，又看看忙得不亦乐乎的芦笙。

梓江问碧薇：你俩讲的是哪国的语言，我们怎么都不明白呢？

小薇，尺素这孩子有点反常呢。梅华拍了拍手上的土，也问道。

梅教授，女孩家的心思，得慢慢琢磨，您说是不是?碧薇扮了个鬼脸，也跑进了屋里。

死丫头，再也不理你了。说我嘴坏，最坏的是你才对。尺素说完，故意不去看碧薇，低着头往陶罐里插花。

看看你，小心眼了不是。你也没少开我和梓江的玩笑啊。那时候我本来还能有更好的选择，被你满世界一嚷嚷，也没机会了。

还说。好像是梓江没人要似的。我告诉你，现在反悔还来得及，反正有大把大把的人喜欢着他呢。

哟，可看出你是他的好妹妹了，这么挺他。那我去招惹招惹芦笙好不好？碧薇说着，拿胳膊肘碰了下尺素，一双大眼睛坏坏地笑着。

巴不得你去呢，看看他是油猴还是泥猴。看他说喜欢我是不是真的。

哟，都给你表白了呢。

瞎说。你明知道，还这样气我。将来做了我梓江嫂子，可别怪我难为你。

两个小女人就这样你一句我一句打起了嘴上官司，那劲头，好像非得分出个伯仲来不可。

院子里的人可不知道这两人嘀咕些什么。

芦笙浇完了水，又把青菜的枝枝叶叶修理了一番。

沈远疏看得满脸堆笑，指着芦笙对梓江说：芦笙这个小伙子，很得我意呢。

梅华听了伸手拍了一下沈教授的肩，嘴里只说：你呀你呀。

那天，小院很有生气，植物生机满满，人们喜笑颜开，连空气里都荡漾着活跃的分子。那天的芦笙也不拘束，山村孩子独有的鲜活在他身上表现得淋漓尽致。

整个夏天，突然过得缓慢起来。

日子静悄悄的，像是在酝酿一些故事。就连天空也比往年清亮，夏天的闷热仿佛也骤然没了气力，任凭清风给吹了个干净。市立大学的荷塘和回廊也比从前多了些诗意，芦笙没事的时候跑去荷塘边吟诗，尺素则去作画。两人一整天无语，偶尔对视一下，没有羞涩也没有热烈，就那么轻轻浅浅的，像是三月不着痕迹的风。荷塘里的清荷开得正好，荷叶也碧翠，上面的水珠被风一摇，灵巧地晃来晃去，在阳光底下，泛着珍珠的光亮。

偶尔，他们也会到回廊里小坐一下。一个坐在左边，一个坐在右边，就那么对望着。芦笙的眼睛里满是笑，笑得那么明晃晃，就像六月的太阳。

芦笙说：哎，尺素，你为什么叫尺素呢？

你说呢？

书信往来的爱和礼物。

然后尺素就乐，一边乐一边说：原来你不是呆头鹅。

我当然不是，我是油猴啊！

小心眼的家伙，记我仇了吧。

怎么会？油猴，挺好的。你是夸我聪明呢。芦笙说到这里，一张方正的脸膛上起了一片红晕。

哟哟，油猴还会害羞呢。

哎，碧薇说的真对，你总是伶牙俐齿得厉害。

看来你没少搜集情报，现在把我知道的底儿掉了吧。尺素摇晃着一双腿，小嘴嘟了起来。

才没有。根本不需要搜集，我心里明白你。芦笙说完，不等尺素开口便拿着书本跑掉了。尺素站起来，用手指绕缠着发梢，一双眼睛直直望着芦笙逃去的方向笑。

七月中旬，放暑假。

芦笙和梓江商量，不如四人一起去他的老家游玩，那里虽然是僻壤，但山明水秀，很适合去写生休闲。梓江别有意味地问：那你怎么不同尺素去商量？芦笙听了一脸窘色。他也想过，可是怎么开这个口呢，虽然两人之间对很多事情都有默契，但是毕竟还没捅破那层纸。他和梓江不一样，梓江和碧薇早已成双入对，很多人眼里，他们已然是拆不散的鸳鸯。

芦笙，你平时的那股子热情劲儿呢，谁都能看得出来，尺素对你也有好感，沈教授不也是很得意你吗，你还有什么可顾虑的。

我也不知道，虽然心里觉得这辈子再没有人能比我对尺素好，也没有人能比我懂她。但心里还是担心，至于担心什么，却是不知道的。

你啊你啊，真不知道怎么说你好了。

后来梓江把这事说给碧薇听，碧薇蹙着眉头，好半天才说：这下我是搞不懂了。尺素的喜欢那么明显，沈教授也从来不干涉，他还有什么可担心的呢？

是呢，我看芦笙这小子是胆怯吧。

胆怯？有什么可胆怯的？

你想啊，他是从山村来的，可尺素呢，书香门第，家境又好，他是担心两个家庭的悬殊太大吧。

我看就是多余。山村怎么了，山村还空气好，有利于养生陶冶情操呢，人家陶渊明不就是在山村写下的世外桃源吗？

得空我再和他聊聊吧。梓江眉头一扬，开始盘算起来。

放假后的第二天，一行三人又来到陶院。这次，是沈远疏邀请的。

芦笙带了个陶瓶来，一进院子便放在梧桐树下的石桌上。

沈远疏一走出房门，就被那只陶瓶吸引住了。

啧啧啧，这是谁带来的好东西啊？

教授，是芦笙啊，我们这几个人里，也就芦笙能得您的真传。梓江一边说一边拽了拽芦笙的衣襟。芦笙呢，只顾着傻笑，半天没说出一句话。

芦笙，今天怎么扭捏起来了。上课的时候，你可是最活跃的呢。

教授，这是，这是我的第一个作品，诚惶诚恐呢。

你的作品？好家伙，第一次烧陶就能做出这样的好品质。质地优雅，釉色朴实层次分明，重要的是器形也好，线条舒缓，肩部的流线做得很到位。嗯，算是陶中精品了。

被沈远疏这样一夸，芦笙更是不说话了，甚至连头都抬不起了。

这一幕，正好被站在窗前的尺素看在眼里。窗台上的白色雏菊开得正好，把她那张嫣红的脸衬托的愈加好看。梅华站在门口，看了一眼尺素，又看了一眼芦笙，轻叹了口气摇摇头。

吃饭的时候，还是碧薇挑起的话头。反正她向来快言快语，即使说错了什么也不会有人介意，更何况，她本就是那么没心没肺的活泼孩子。

尺素，暑假咱们四个一起游玩去吧。

好啊好啊，去哪里呢？尺素听了，立马放下手里的筷子高兴地拍着手叫好。

反正你也要用功，不过写生也得有个好去处才对。所以我想着不然去芦笙的老家，那里民风朴素，重点是山清水秀风光好。

好啊你碧薇，其实一开始你就惦记着要去了吧。我记得当时芦笙跟同学们讲他老家的风光时，你听得都入迷了。

是啊，所以才想去看看呀。看看这个人老实还是不老实，是不是编瞎话骗大家呢。

我才没编呢。你们要去了，只能觉得更好，我说的都不及十分之一呢。一说到家乡，芦笙又活跃起来。接着，又是一通风物志。

最后，还是沈远疏说了话。他说：既然你们都那么有兴趣，那就一起去吧。有芦笙在，一路上也有个照应。学习固然重要，可生活一样重要啊，不体验，永远都触摸不到艺术的本质。连圣人们都说，艺术来源于生活嘛。

梅华望了丈夫一眼，那眼神里有些琢磨不清的内容。

沈远疏喝了一小杯的酒，站起身来，对梅华说：走吧，我们去小陶坊看看，我突然有了新想法呢，正巧也给孩子们放肆的机会，你看，他们怕是要憋坏了呢。

进了陶坊，沈远疏拉着梅华的手坐下。

过了好一会儿，他才开口：梅华，我觉得芦笙这孩子很好。

我说什么也不同意……

我知道你的想法。你是怕将来尺素受苦，更怕连累了芦笙。

我们现在还算有些能力，就已经觉得这样下去有些吃力了，况且他还这么年轻，经济上还这样匮乏。

他会有出息的。梅华，你该相信我才对。这个孩子，将来在陶艺界一定了不得。他很有想法，重点是他有天赋，有灵性。你看到那只陶瓶了吧，简直都可以和一些大家媲美了不是吗？

可什么时候能出头。如果那样艰难，我情愿尺素就一直这样在我们身边。

梅华，现在说这些还早。再者，你能阻拦尺素去爱吗？你能剥夺她爱人的权利吗？她是个年轻人，对爱情有美好憧憬的年轻人。就像当年的你和我一样。

梅华不再说话。她低下头，像从前一样，叹气，沉默。

尺素身体不好。很不好。

这些，梓江和碧薇都不知道，当然，芦笙更不知。

当初，沈教授选择在山腰建房，就是为了尺素的病。沈教授去授课，梅华出售一些商业行为的画作，也是为了尺素的病。

十余年来，他们跑遍了全国各大医院，却没有寻到彻底医治的方法。

对于自己的病，尺素所知道的只是先天免疫力差，以致常常稍微不注意，就会引起肺部感染。十多年，她一直都是相信的。因为，病症的反映也确实在这种范畴内，严重的时候，偶尔胸痛咯血。不过，她已经很注意很注意了，不吃寒凉的东西，也不尝试太新潮的衣服。她知道，有些东西对她来讲不适合。

可她不知道，感情对她来说也有些冒险，她更不知道，她的人生被一种叫做艾森曼格氏的病魔偷走了很长一段。

两人对坐无语。

突然，梅华像是决定了什么似的，对沈远疏说：既然这样，我们就应该把实情告诉芦笙。他有知情的权利。

梅华——

远疏，我们不能骗他。如果他真的爱尺素，我们更应该让他知道。

沈远疏看出了梅华意已决，再者，他何尝不是这样想的呢。

在四人决定去芦笙老家的前一天，沈远疏给芦笙打了电话。

他们约在院子的后山上。尺素不知道芦笙来，梅华也没有告诉她。

那天，沈远疏和芦笙聊了很多，有关陶艺，陶瓷，有关理想抱负，有关爱情。

芦笙，你喜欢尺素。

是的，想一辈子守着她。

有多喜欢呢？

不知道。没法说，如果这辈子不跟她一起，应该就没有别的人了。芦笙说，脸上的神情很郑重。

她如果做不到呢？沈远疏问出这样的话时，声音有些哽咽，这也是他一直不想也不敢面对的问题。是呢，如果她做不到呢，他和梅华该怎么办。

芦笙当然不明白这个“做不到”的真实含义，他以为是不爱，或者别的什么。

没想过。总之她是自由的，我也是自由的，可以选择守着她。老师，爱应该是很欢喜的情感吧，她让我有了这种欢喜的情感，就足够了。我不能要求她太多。

好孩子。你这样说我很感谢你。可是，在你爱她之前，你应该有权利知道一些事情。尽管我很不愿意讲。

然后，芦笙知道了尺素的“做不到”。他之前一直隐约觉得梅华教授不太喜欢自己，如今，他终于了解了这份疏远，更懂得了两位教授为他着想的苦心。

他沿着山路慢慢走，没有了活泼和昂扬。他脚步沉重，一步一步，像是拖着千斤重担。

快到院子的时候，芦笙转过身，站定脚步，对跟在后面一路沉默的沈远疏说：老师，把尺素交给我吧，你放心，我会让她生活得很快乐。

芦笙的表情坚定，目光真诚。他继续说：让梅教授放心吧，我们会很好，以后会更好。

一行四人一路说说笑笑，去了芦笙的家乡。

那里真是个好地方，青山碧水，蓝天流云，山花烂漫。白墙青瓦一片绵延，和青山绿水相映，和柳绿花红依傍，人走在新鲜的泥土上，就像走在画里一般。

芦笙的父母对尺素喜欢得不得了。芦笙的弟弟笑：姐姐像画里的仙子，真好看。

这些话听在尺素耳朵里，直羞得脸通红。碧薇不禁噘起嘴来，一副委屈的小模样，说：难不成我就是难看的人，你们统统夸她，把我摆在一边当空气。

芦笙的父母哈哈笑，边笑边说这个女娃好性格。

四人学着乡里的农人，日出而作日入而息，每天都过得开心而满足。

一日，芦笙起得很早，悄悄跑到尺素房间的窗下喊：尺素啊，起床吧。

尺素回：这么早，找虫吃去呀！

有话想悄悄对你说。你起不？

等着，这就来。

两人趁着微明的晨光往山上走。芦笙的手，牵着尺素的手，一摇一摇的，开心得要哭了。

山头翻了两座，芦笙还是不说话。尺素心急了，问：

你的悄悄话呢？

芦笙拿眼神示意了一下紧紧牵着的手，说：都在这里了。

我和梓江也这么牵过手，难不成也在这里了么？尺素故意要难为芦笙，她觉得一到正经关头，他就没了平时那种激越昂扬的神气。

你故意气我。我喜欢你，以后，不管发生了什么，都不能离开你。这些话，我和两位教授也说过了。我让他们放心，我们在一起会很好。

看你，紧张什么呢。妈妈都告诉我了，她说你是个可以依靠的好青年。你可真厉害，我妈妈可是从来不轻易夸人呢，梓江算是优秀的吧，我妈都没夸过他。

那你呢？

我一直都是喜欢你的呀。难道你不知道？

我知道，知道。就想听你亲口说给我，这样我才安心。

说得还挺认真。唉，你说你，满腹锦绣文章，偏偏有时候像个呆头鹅。

从芦笙的老家回来后，两家人的意思大概也都明了，既然双方的父母都赞成，两人大学一毕业，便结了婚。

婚礼很简单，就在陶院办的。前来参加的都是亲近的人，双方的家人，梓江父母，梓江和碧薇，热热闹闹的，正好一大桌。

芦笙的母亲做的菜，美味可口吃得也舒坦。酒水是芦笙父亲自己酿的青梅酒，甜甜爽爽的，就像他们两人的爱情。

婚礼的前一天。芦笙母亲对梅华说：只要孩子们高兴，咋样都好。

这句话，让梅华深受感动，自然也了解了这位朴实妇人的善良心。芦笙的母亲是知道尺素的身体的，但她还是同意了，半句反对的话都没有。

梅华问：怎么就那么同意了，不怕有个万一，撇下芦笙一个人吗？

芦笙懂事，知道什么该做，什么不该做。只要他认准了，那一定都是好的，尺素妈妈，我是个乡下人，没什么文化，但我知道，人的心，是不能强求的。芦笙有了这份心，我们不同意，那就是难为孩子。

心疼吗？

心疼。心疼尺素这娃，多好啊，模样好，性格好，待人也好。唉，但愿芦笙有福气，能和尺素走一辈子。

婚礼结束后，芦笙母亲把梅华拉到一边，说：尺素妈妈，对尺素能瞒着就瞒着吧，这孩子心善，若是知道了，会难过的。芦笙母亲说完，抹了一把眼泪，一双眼睛望着窗里喜笑颜开的尺素，嘴唇嗫嚅着。

梅华也忍不住哭了，她知道，芦笙妈妈是拿尺素当自己女儿心疼的。

芦笙家人走后，梅华把这些话说给沈远疏听，沈远疏听得两眼潮湿。他说：质朴的山水养质朴的人，遇上芦笙一家人，是我们的福气，也是尺素的造化。

沈远疏果真没有看错芦笙。毕业后短短一年的时间，他就举办了两次陶艺展，且在全市乃至全国都有一定的影响。

芦笙成了陶艺界的翘楚，很多前辈大家对他都大加褒扬。

尺素有了芦笙，梅华和沈远疏压了十多年的心事也算是放下了。第二年，梅华受中西文化交流办的邀请，前去美国参加论坛活动，沈远疏也一同去了。

这期间，尺素在陶院陪着芦笙设计新作品。一个绘稿，一个制作。两人仿佛天生就是来相互成就的。

芦笙很知足，因为从两人相爱起，尺素除了偶尔受凉引起感染外，一切都好。

梓江和碧薇也常来陶院看他们。四人一见面，就像又回到了大学那会儿，总有说不完的话。碧薇毕业后在一家外资企业做人力资源管理，很有发展前景，不到两年的时间，已经坐上了人力资源主管的位置。梓江留校做了老师，在年轻一辈的老师中，算是有作为的。

尺素说：看你们，事业都有成了，唯独我，困在陶院里做起了主妇。

你才是不简单呢，如果没有你，芦笙哪来的灵感去弄他的陶艺，你可是芦笙的缪斯女神啊！

尺素听了双颊飞起了红云，一双眼睛看着芦笙，眼里的柔情蜜意都快要溢出来了。

山中不知岁——这话说得一点都不错。

院子里的梧桐树一年比一年粗壮，桐花落了开，开了落，不觉间，也有几季了。梅华和沈远疏已经搬离陶院很久了，夫妻俩搬回市里的老房子住，隔三差五上山来看看小夫妻俩，做一餐可口的饭菜，聊一下午的家常，这样的日子，总是让人喜悦温暖的。

转眼，芦笙和尺素已经结婚四年了。这一年的八月，有两件很值得庆祝的大事发生。尺素在“回归院落概念设计大赛”上凭借《一棵树的幸福》获得了金奖，芦笙也被法国举办的国际艺术节邀请，并为他举办一场为期一个月的个人艺术展。

陪着尺素去参加颁奖典礼，芦笙坐在观众席上，看到大屏幕上出现《一棵树的幸福》时，他的心里溢满了难以言说的幸福。粗壮的梧桐树上桐花开得正好，密密扎扎地在阳光下泛着藕荷色的柔光。梧桐树下是灰墙红顶的房子，格子窗半掩着，窗台上灰白色的双耳陶瓷瓶中插着一束半开的雏菊。院子里几方菜畦，一只黑白相间的猫正蜷在藤椅上小睡。石阶前……

这就是他们的家，那个终年几乎都洋溢着春意的山间小院。

尺素站在荧幕边上，一双眼睛望着芦笙，说：这是我的家，很普通的小家，不华丽，不富贵，却有人间最温暖妥帖的烟火气和一个呆呆笨笨爱我的男人。为什么要取名《一棵树的幸福》，因为我们说好要一辈子做彼此的依靠，就像一棵树，不离不弃就扎根在那里。

台下掌声此起彼伏，几乎所有人的眼睛都闪着晶莹。因为这世间，爱，是能打动一切的存在。

九月，芦笙去法国，他知道尺素的身体不适合长途跋涉。况且，尺素也舍不得离开小院，那么多的花儿，那么多的生灵，她都牵挂着。

九月中旬，N 市遭遇几十年不遇的暴雨。远在法国的芦笙看到这一报道，心急如焚，后来打电话确认尺素安好，他才算安心继续下面的行程。

九月底，芦笙回国，带着一片法国梧桐的叶子。尺素说过，梧桐树法国的最美，有线条也有姿态。

一下飞机，就看到梓江、碧薇，还有沈远疏夫妇，他从远处张望了好久，都没看到尺素的影子。一瞬间，他觉得胸口闷得很，几乎要喘不上气来。隐隐的，他觉得一定有什么事情发生，可嘴上却喃喃自语着：她是在给我准备惊喜吧，她一向那么鬼灵精怪的，一定是。

尺素睡在了后山上，距离小院不远，走上一段山路就到。芦笙几乎每天下午都去看她，墓前植满了各色的花，雏菊、小苍兰、马蹄莲……都是她从前喜爱的。芦笙就坐在花花草草围着的墓旁，一待就是一下午，总有说不完的话。

尺素，昨天做了个花器，翻来覆去看了许久，总觉得不满意，至于差在什么地方，又说不出来。唉，若是你看了，一定能帮我指出来。可你呢，懒得很，早早地跑来这里躲清闲。从前你总说我是油猴，到头来，最油滑的却是你。

念念叨叨，直到太阳落了山，芦笙站起身来，拍拍身上的土，捶上几下腰，回头望一眼那块冷冷的石碑，笑笑说：走了，跟你说了这么多，你也累了。明天我再来看你。对了，梧桐树上有挂满了骨朵儿，估计过不了几日就该开全了，等我摇一些下来给你带来，甜甜香香的，你最爱闻。

那年沈远疏夫妇和梓江赶着上山接尺素，可到底没躲过一场倾盆大雨，尺素的病最怕受凉感染，被这么一折腾送进医院时就已经昏迷，第二天，芦笙打来电话，尺素醒来，温声温语地说：小院一切都好，我等你回来。

这句话之后，她就再也没醒来。

人的一生，遇到真爱的几率有多大。没有人计算过这道题。

你爱我多一些，还是我爱你多一些。爱不是物品，不能放在天平上仔细称量。

我们相爱，会有争吵、疑虑、挣扎、伤害，但就算如此，我们还是想遇到一个人，用心爱，用力爱。这世界那么大，我们要走那么久，一个人总归太孤独。

尺素走后的第三年，梓江劝芦笙：我们还年轻，还要生活。芦笙，下山吧，给自己一个机会。

芦笙摩挲着他用小篆刻上字的木牌，摇摇头说：我有我们的爱，就像桐花每年都会开，她给我一切，也都还在。

一个人，一座城

她从没有想过，爱情会发生在她的身上。无论是名字、血型，还是星座、爱好，测试的结果统统显示，她是爱情绝缘体。是呢，一个情商竟然用负数来标注的人，似乎很难染指爱情。

一如她对朋友所言：一个对爱情没想法，没期待的女人，碰到爱情的几率也是微乎其微的吧。

不过，微乎其微，不代表没有。

小米说：嘴不要太硬喽，到时候碰到爱情了，看你不往前扑才怪。

深夜十二点，锦房间的灯还亮着。翻来覆去睡不着，锦满脑子都是小米的话。

她把自己近十年的经历捋了一遍，一丝爱情的痕迹都没有发现。她见过许多男人，靠近过，也亲密过，可是，却没有爱情。

她穿了一件红色的外套，一个人坐在临窗的位置，面前，一杯咖啡。

窗外有往来的人群，车马如龙，当然，还有温暖的阳光。她的手指从灰色的毛衣里伸出来，修长、白净，很好看。然后，她把手掌贴在玻璃窗上，像个极度怕冷的人，贪恋阳光的暖。

收到他的短信：明天到北京，可以见你吗?

她笑了笑，打出两个字：好的。

这样的午后，这样的阳光，一杯咖啡在面前，有轻暖的背景音乐，人应该很容易得到满足和快乐的情绪。可是她没有。

看着回复成功的信息，她觉得自己有些可怜。一颗心，顿时有了一种莫名的伤感，那种伤感就那么快速地招惹了她的眼泪。

听说，人不能太坚强，太坚强的人容易伤。就像坚果，很坚硬的壳，一旦有丁点儿的裂痕，整个都将碎掉。柔软的东西就不会了，就像皮肤，软软的，擦一下就会破，可破了的地方会结疤，疤好了，还会长出新肉。人说，最柔软的最坚强。大抵便是此意吧。

怕被人发现，她深呼吸了一下，然后把拢在耳后的头发散在额前，眼泪被遮住了，神情中无力把持的狼狈也遮住了。

她当然明白，她只是不想承认，或者是不敢承认：此时的她在想念一个人，想念那双干燥温暖的手，想念坚实的臂膀，想念那若有似无的笑容，还有在她耳边低声说话的声音。

这样一个午后，她开始想念他，且有很多的理由。

不敢承认，她总是这样。

然后陷入挣扎，挣扎着否认，挣扎着装作无所谓。

可如今，明明他说他要来了，她的那种想念瞬间冷掉了，心里没有欢喜，所有的想念骤然间变得空洞。

她喝了一大口的咖啡，忘了加糖，忘了加奶，很苦。她皱着眉，停顿了好一会儿，才把喉间的那口苦涩咽下去。玻璃窗上，她一张苦的化不开的愁容格外清晰。

起初，她以为自己爱了。做一个小鸟依人的玲珑女子，行走在他的右边，被他呵护。

那是去年，五月的江南，锁了烟雨，像是从一开始，就注定太多扯不清的感情。

她的出行决定得匆忙，到达的时候，雨下得正缠绵，车子停在巷子口，付了钱，道谢。

一个双肩背，一个斜挎布包，她来得很轻巧。岸边有停靠的游船，巷子里也十分的热闹，花花绿绿的油纸伞，拼成了一幅色彩斑斓的油彩，被烟雨晕出了一份静美和灵秀。

她穿一身白色布裙，很长，下摆被踢踏的步子溅出了水墨，浓淡竟也相宜。她看了看，愣了片刻，索性将银色的鞋子脱掉，一双白皙小巧的脚踏在青石板上，有一种轻悠悠的凉，她忽的笑开了，酒窝里装满了甜美。

无拘无束，随意游走，在这个陌生的城，她觉得格外自在。

脚步停下来的时候，是因为一支熟悉的旋律——《飞鸟与鱼》。人的情绪中，对往事总有些许不察觉的念念不忘，一些瞬间的触动，总会动容。

岁月拾荒——一个别致，意味深远的名字，她往回退了两步，一双眼睛不由自主地向里端望。很怀旧的装饰，灯光柔和温暖，墙上有一些生涩的涂鸦，极尽天真烂漫。

墙壁上错落有致地挂着许多少数民族的工艺品，古老的银饰居多，还有蜡染，陶器，件件都让她着迷。

进来坐吧。

很磁性的声音，略微沙哑，她寻着声音向里面望。一只脚刚踏进去，她低头看了看，水滴滴答答地落在干净的木地板上，有些尴尬，她带着一脸的抱歉看向他。

没关系，来，进来。他站起身向她走来，接过她的背包。

你这里是旅馆？

是书舍，偶尔也会接待一些朋友。

那我可以住下？

当然。

第二天，天晴了，坐在窗前喝咖啡，街上都是游客，形形色色的，各自有各自的欢喜。

不出去么？

他在她对面坐下来，手里是一杯绿茶。

她摇摇头，搅动了一下咖啡，喝了一小口。

不加糖？

嗯，不喜欢。

你很奇怪，女孩子一般都喜欢甜的吧。

是吧。她跟了一句，她自己也说不清这两个字的意思，然后她看着他，很认真地说：谢谢你。

不客气，我这里的生意不好，我还要谢谢你的光顾呢。说完，他开始笑，笑得很大方。

午间，一个人出去溜达，方发现这是一座清丽的城。

全城以河成街，桥街相连，依河筑屋，深宅大院，重脊高檐，河埠廊坊，过街骑楼，穿竹石栏，临河水阁，古色古香，水镇一体，呈现一派古朴、明洁的幽静，是江南典型的“小桥、流水、人家”。石板小路，古旧木屋，还有清清湖水的气息。

她逛了太久，也走得累了，便在阿婆的招呼下，坐下来歇歇脚。看着眼前的各色小吃，才顿然觉得饿，一一尝过之后，她对姑嫂饼和臭豆腐有极大的兴趣。

就这样，一路走，一路吃，三白酒贪饮了一些，酒味香甜醇厚，却不想后劲一起来，脚步倒有些恍惚了。暮色四合时分，疲惫的她坐在桥边，一步都不想动。

累了吧，你还真有兴致，走了一座城。

你，你怎么在这里？

做你的护花使者呀，呵呵呵，开玩笑，怕你一个人走丢了。

哈哈，我倒是想把自己丢了，可总不遂愿。

要不要去喝杯酒?

不要，明天吧，今天是真的累着了。

嗯，那我们回去吧。

你背我吧，走不动了。

她不知道自己怎么会这样轻巧地说出那些话，仿佛对他，已经很熟悉。

第三天，他们一起坐在窗前喝茶，是功夫茶，他很是爱这时分的感觉，一壶茶，一支老歌。

还没问你，你怎么会走进来?

因为你的歌，还有，喏——

她说着，回头指了指招牌——岁月拾荒。

看来很得你意。

当然，不然怎么会和你坐在这里，喝茶，聊天，还有，晚上你约的酒。

你是个很有趣的人。

还好，你很喜欢王菲的歌?她错开话题，她不喜欢被人打探。背景音乐循环的《流年》弥漫着一种看不见的伤感，在空气中萦绕不散。她的眼睛红了，眼泪从眼眶滑到脸颊，最后挂在下巴停了那么一下，落进她白色的棉布裙上。她低头看着那一滴晕开的湿痕，心想，原来一滴泪落下来，需要那么久的时间。

很巧。很多人生中的巧合，有时候都是一种冥冥之中的必然经过，你以为是巧遇，其实是早就放好的路标。所以，她的眼泪也落进了他的心里。

我喜欢有故事的歌。我听人说，一首歌如果能听出一个故事来，那它一定是一首好歌了。

你很有故事。她的语气笃定。

其实每个人都有故事，我有，很多，那些故事不太尽人意。可能很多人都会有这样一段经历，有很多对世界对生活的不满和埋怨，张狂不知天高，觉得自己能拥有很多，改变很多。我用了很多年，终于把白日梦叫醒。其实，生活就是这样的简单，一天一天安稳踏实地过好自己的日子。

他说话的时候，看着窗外，目光里有历经沧桑的淡定，很暖，且从容。

眼泪落下来的时候，她没有发觉，直到他伸出手，给她擦干。她知道，那些潮湿，他看在了眼里。

后来，他们的关系有些暧昧了。

她记得他们曾经很要好过。阳光很温暖，棕榈树的叶子青翠，在阳光下折射着耀眼的光，她和他并肩走在干净的街道上，聊着彼此感兴趣的话题。她记得有拂面的风，很轻。树枝温柔地拍动着叶子，沙沙作响，阳光洒在他们的身上，有斑驳而明亮的光影。

她记得他轻轻握住她清凉的手，她的身子不自然地僵了那么一下，那一瞬间，她以为自己爱了。从唇齿间溜走羞涩且欢喜的笑声，像被杨柳风轻啄了一下耳际的敏感，笑意摇曳。

她记得她很想把身边的这个男人看仔细些，再仔细些。可最终却只是低下头来，放低一些，再低一些。那一刻，她顿时明白了张爱玲笔下，那一个个生来便带了七窍玲珑心的女子，何以在一个心爱的男子面前卑微起来，且这卑微里是怀着一颗欢喜心。她想，她是否也能在尘埃里开出一朵花呢？

每段旅程，都有它结束的期限。

他们也是如此，休假结束，她要回归她的大京都。人的际遇说不上是好还是坏，某个时间，遇到了某个人，也分辨不出是对的，还是错的。总之，在那一刻，他们是对彼此动心的。他看她，两眼柔情，她望着他，两颊含羞。组成爱情的元素或许有很多吧，一个眼神，一句话，一个手势，或者只因为那天的阳光很好，天气不错，亦或风很暖，花开的香气浓淡正合适。爱情这个东西就是这么奇怪，有时它让人望眼欲穿，有时却让人措手不及。

所以，分别时，他们是恋恋不舍的，送了一程又一程，直到，列车将要启动，他站在站台上看着她的眼神依旧浓情。

偶尔，她会在某个好天气里，突然就想起他们牵手的那个瞬间。想象着，如果一直往下走，会走向哪里，是相爱，还是分离。她给他们的未来安排过很多种结局，但是唯一没有安排的是，有一天，他们在现实中重新相遇，坐在一起。

她想，不过一场偶然的相遇，不该也不会再有后来的故事。

可将来的事情，谁又能说得准呢？你会走向哪里？遇见什么样的人？很多时候，真是由不得自己。所以，相遇，与想与不想，并无多大关系。

公司在上海做一个新产品的推广活动，她无心地发了一条微博。那时，她怎么也不会想到，他也在这里。

飞机落定，刚走出机场，她就看到他举着牌子一脸笑容地看向她。

这样相逢的场景，总显得那么不现实。她定睛看了他许久，之后才确定，他们是真的再次见面了。

坐在怀旧式的咖啡屋里，听着古老的带着夜上海十里洋场慵懒味道的曲子，留声机就那么轻轻地的转着，仿佛，和这个时代脱离。

灯光昏暗，窗子被一层又一层的纱幔遮住，桌子上椭圆形的水晶杯里，一只红色的蜡烛和几片淡粉色的玫瑰花瓣，她和他对视而坐。

这样出现在你的面前，会不会太唐突？

他这样问的时候，目光一直看着她的眼睛，语速缓慢，语气柔和。

所以，直觉告诉她，这个男子有些慎重，还带有一丝探窥的意味，但是对他刚才所讲的话，特别是自己的这身行头，她也是诧异的。

哦——？她带着几分恍然，将这个字的尾音拖长了几拍，然后将身子向前倾了倾。探着头直直地盯着他的眼睛，然后倏地下滑，贴着他的耳畔，带着浓重的呼吸，无遮拦的热气，压低声音说：真是好巧呢。

说完，她又迅速地将身子拉回，斜倚在靠背上，扯动右边的嘴角，笑出了极大的声音。

他一时竟愣在那里，连表情都僵住了，没有反应。

她看了，暗自想：我真是一个足够坏的人呢，像个妖精，明明刚才我挑逗了他，用一种很暧昧的姿势。

气氛里突然有些让她觉得格外难过的东西，只是，她不能确定是什么。明明，她该高兴的，他没忘记她，他为她做了这么多。可是，为什么呢，她竟想要逃开。

她站起身来对他说：我想离开这里。说完拎起包来便走。

她是不容许他拒绝的，又或者，他的反应不在根本不在她考虑范围内。她想想，仿佛又不是这样的，她原本可以什么都不必说的。

他就那样愣住了，不明白是哪里出了问题。

站在街道中央，她张开双臂，大口大口地呼吸着微风带来的凉爽空气，像一个恶作剧得逞的孩子。

她笑了，笑得有些张狂，她还是做不来卑微的，她无法从尘埃里开出一朵花来。

她听见一阵急速的脚步声，然后是一阵微热的空气在她面前停下来。她抬起抬头，看着眼前这个男人，她自觉抱歉。

我让你为难了是吗？

不，你别误会，我，我只是不太喜欢这个城市。

他低下头来，有那么一些时间，她觉得整个城市都沉默了，她觉得自己伤害了他。

或许我真的错了，再见。这是他那晚说的最后一句话。

离开了那个人，离开了那座城。

她把他以及与他有关的故事，统统交给了泛黄的古老纸张，纠缠着一段情迷，码成了一堆文字。

在越来越多的时间里，她喜欢在午后临一窗阳光，喝着暖暖的咖啡，看着古老纸张里的那些故事，微微笑着，一丝说不出的安稳和妥帖就在她的嘴角停下来。

有时候，她甚至不确定，那里面的人物确实是与自己有关的，在温习一些细节的时候，她总是想了又想，仿佛很熟悉，又仿佛很陌生。

他，那个曾在一刹那让自己动过心的男子，是否真就出现在过她的生命里。她的记性一直都不好。第一次搬家的时候，她在小区里来回转了四次，半个小时后，她还是打电话向房东确定了一番，这件事后来在她的朋友圈里广为流传，朋友说：或许在某一天，你真能把自己丢了。

是她太幸运？混迹于社会十余年，她依旧好模好样地活着。所以她回：丢也没有个地方可丢啊，不然，你们随便谁捡了去。一干朋友听了再也不作声，如她这般神经质的女人，谁敢捡去呢？

日子和以往一样，轻缓流淌着。

偶尔和朋友相聚，随着家人的心意约见个不错的男人，只是，没有爱情。

离开那座城，那个人后的某个日子，她收到他的短信：又回到“岁月拾荒”了，每每下雨，总会想起你。

她看了以后，心里有小小的欢喜，突然觉得，被一个不算太熟悉的人用心记挂着，很温暖。

有时间可以去北京看你么?

所以她连想都没有想，条件反射般快速回了两个字：可以。

看着信息成功发送的提示，她开始了解，原来自己一直都不是一个矜持的人。

几天后，他来到她的城市。

见面地点约在后海。他说：听人说，在北京，如果特别想见一个人，那就约在后海吧。

秋天的天气变化太快，午间还有暖暖的阳光，到了下午，天空开始阴沉，等到六点多的时候，雨点已经开始滴落。

她有些窃喜，平时，唯在下雨的日子，她才有兴致兜转到后海。沿着河岸走走停停，看着往来的人群，形形色色，多数是手牵着手的小情侣，撑一顶或粉色、或蓝色、或黄色的雨伞，亲密依偎着，你侬我侬，低吟浅笑。

每每看到此景，她总会忍不住停下脚步，微笑端望，她觉得那景致里面有红尘俗世里的温暖切实，那些存在实实在在，摸得着，感觉得到，让人心里安稳。

他发来信息：真好，下雨了。

她看了，轻撩了一下已经打湿的头发，心情骤然变得很好，她回信：嗯，真好，下雨了。

我到了，你呢？

她抬起头，站在银锭桥上张望，却不知，自己早已落尽了那个人眼里。

卞之琳说：你在桥上看风景，看风景的人在楼上看你。他似乎有些明白这句诗的意境了。他给她信息：在桥上看风景的人哪，我在楼上看你。

她看完，笑了，然后抬头望去，真真就看见天台上的阳伞下面站着的他。他跟他挥手，大喊着：我在这里。

喝点什么？

喝杯酒吧。她说，我们应该喝杯酒。

是呀，你那时离开得匆忙，说好要请你喝的酒，也没喝成。他低下头，喝了一口酒。被雨水打湿的头发在他的眉间轻卷着，有些暗影落在他的眼睛上。

他们说话的时间不多，大多都是沉默着。两个人各自怀着心事。

出去走走吧。终于，她开了口。

雨，还没有停。他们走在一把伞下，他牵着她的手，动作自然。

她低头看了看十指相扣的手，又抬头看了看他，他的侧脸线条很柔软，她知道他会是一个十分体贴且包容的男人，他掌心里的温暖让她的心安静、踏实。她仰脸看着头顶浅蓝色的伞，如一面晴空，突然之间有种特别微妙的情愫，枝缠绕结她的心。

怎么想起来看我，我们已经好久没联系了。她低声呢喃，语气里夹杂着怅然。

想你。他的回答干脆、大方、磊落。

可我们只是恰巧相遇的旅人。她苦笑，笑自己的狭隘和怯懦。

因为了解遇到一个可以倾心交谈的人，是多么难得的缘分，我信宿命，所以认定你是我不能错过的人。他的语气平和，一双眼睛就那样安静地看着她，像一汪清澈的泉水，没有闪躲。

她静静地听着，像是在听一些前尘旧事，恍惚间觉得，曾与他执手。看风吹的流年，雨洗的铅华。

雨，还在下。两岸酒吧的灯陆续地亮了起来，五颜六色的光影交相辉映，前来和夜色约会的人越来越多，整条街，此起彼伏的声浪，还有缓缓流动的老歌。

她看着那些灯火，表情变得迷离，幽幽地说：一个人的时候，我总喜欢在这里流连，看着人们在夜色暧昧的光影里狂欢、颓靡、凌乱，各自有各自的情伤，各自有各自的寂寞。总是喜欢捕捉瞬间的镜头：十指修长间的烟卷，红唇轻啜的酒色，还有那些可望而不可即的放纵。知道吗？我不喜欢北京，它太大，人太多，让人寂寞。

她扬起脸长叹了一口气，一张脸被闪烁的霓虹洒下一层落寞，如芳菲开尽的夏末。

他回想起第一次见她的样子，青石小巷，她赤着脚在他窗前经过。

其实，在那个时候，他就已经动了心。从前，他也身居繁华喧闹的大都市，车来车往，人群熙攘。他也曾流连过所谓的烟花夜色，逢场作戏，彼此需要，只为填补寂寞，大家都心知肚明，不谈责任，不谈感情，假如有一天觉得彼此间已经厌倦，便转身离开。

所以，他才更加明白，什么是他要倍加珍惜的。

第二天，他定了回去的机票，两张。

小城还是安静的小城，青石小巷中依旧泛着潮湿。不同的是，他们不再是一个人。

她和他坐在沙发里，十指相扣，看书或说笑。

这一天，江南，又是一片烟雨。

我煮好茶，你来喝

人跟人的机缘，很难说清个究竟。

就像他和她的故事一样。

曾经，他对她很不屑。他不喜欢她微抬的下颌，什么都装不下的眼眸。

她对他不用喜欢，亦不用讨厌。那些词太深刻，她的表情寡淡，语言也寡淡，他不了解，便把它看作了敌意。

他是个骄傲的人，高高在上的习惯了。于是听不得违背他意愿的话，看不得不屑于他的表情。

而她呢，是个随性的人，随心所欲地生活习惯了，于是原本一颗温和的心，便被尖削的下颌，欣长的颈项，游离的眼眸，寡淡的言辞，画出了骄傲和冷漠。

这样对立的性格，注定了不太和谐。

他习惯了用尖刻的语言、鄙夷的表情来对待他不认同的人或事，且情绪激烈、喜恶分明。

他说她总是在用很淡然的态度来掩饰她对现实生活的不满，他说她虚伪。

她听了不愠不火，临着窗，看着风景，偶尔会回一下头看他，表情静好、微笑亲切。

于是，他更加气恼，整张脸也跟着沉下来。

她觉得好笑，把他当作了孩子，轻轻摇下头，眼睛里有些怜悯，又担心这种感觉被他误会成不屑，便又把目光移向了窗外。

如她所想，他真的更加气恼了，把音响开得声音很大。沏茶时，杯子在他手下来回碰撞，砰砰直响，可他的一双眼睛却总不离她的身，他自己都不知晓，这样有多么的孩子气，明明，他已近不惑之年。

对此，她也不去理会，好像已经习惯了他这种孩子样的无理取闹。她不言不语地站起身来，拿起墙角的花洒，开始打理沿窗摆放的绿植，一头乌黑的秀发忽地散了下来，映着她白净姣好的模样，像是不属于这个世界的人。

见她不为所动，他没了意思，收了心，一壶好茶被他沏得无滋无味。

日子很安静，他的心却不安静。

他仿佛了习惯了对她冷嘲热讽。他说她不要一副淡看世事变化的样子，任谁都免不了俗，吃五谷杂粮。他说她总是装得那样骄傲，有时会让人厌倦。他说她笑容虚伪，故作沉默的优雅，并不会让人惜怜。

他的话总是那样的尖酸刻薄，尖酸的没了男人样子，刻薄的没了男人的气度。

可她照旧还是一副事不关己的样子。他的话，仿佛怎样都进不了她的耳，入不了她的心。她还是听她的曲，品她的茶，再临上一窗风景，却不闻世事变化。

日子久了，他气馁了。

顿觉和一个无视他存在的人怄气，倒真是可笑。更何况，那人还是个黄毛丫头。

这样想的时候，他的心里竟是惭愧的，想到那些过分的话，出于自己的口，真是荒唐的不成样子。

渐渐地，他不再和她较劲，更不想让自己真就变成那样一个无理取闹的孩子。他开始尝试着坐在她的对面，看她静静地泡一壶茶；或者安静地坐在一处，看她在阳光温暖的午后，细细照料那一盆盆不开花的植物。他开始明白，她本就是那样美好的一个女子，随心随性地打理着自己的生活。

他开始发现，不知从什么时候起，他突然特别迫切地想要去了解她，了解与她相关的一切。

于是，在秋日的午后，临窗的藤桌旁，多了一把椅子。

窗外天蓝云白，银杏树的叶子黄得像是一炉火，给窗前的风景镀上了一层暖软的色调。他们听着 CD 机里的小提琴曲，坐在光影交错的窗前，品茶，小聊。

他开始习惯把一些不如意、难排遣的心事向她倾诉，他信赖她。她呢，也不多言多语，只是笑着，温着热茶，听他慢慢讲。

她开始对他有了言语。她会说放轻松一些，深呼吸一下，会不会感觉好些？她会说为什么要生气呢？只是一个不了解你说错话的人，你该怪他什么呢？她会说对自己慈悲一些，别去在意那么多，并不是多么的宽容而是单纯的不让自己难过。

……

她的话不多，却让他那样激烈的一个人，渐渐变得温和。

只是，他觉得自己依旧不懂她，一任日子拉得那样长。

秋天多雨，连着一个星期阴雨朦朦见不着太阳，是常有的事。

这样的天气，茶室很少会有客人来，她在窗前坐的时间便更长了。

其实，她是喜欢下雨天的，她觉得下雨的地方，都是江南，即便如今住在北方。

窗外对面的一排房子是那种老式房，白墙青瓦，很有江南的感觉。房顶上的瓦凹凸起落，看过去，就像一座座紧密相连又循然有序的小山丘。晴日里，青白相间，那色调有种说不出的好看。一到下雨天，则更美更有味道，雨落在屋顶的瓦片上，溅起一朵朵水花，很快，便有一股水柱顺势流下来，屋檐就成了一道珠帘，滴答滴答落在了青石灰的地上，等到雨雾一起，那房子就成了一幅水墨画。雨下到对面房顶上，一颗一颗溅起了小水花。

她看得入了神。

水壶里的水咕嘟咕嘟地响个没完，她没有听到；紫砂壶里的茶汤已浸了许久，她也忘记了；他开门进来，在她身后站了许久，她也没有察觉到。

他怕打扰她，便退到后面坐下。他想不明白，一个人怎么会安静到几乎没有任何声息。他看她的眼睛，深深的，像是一面湖，什么情绪都抓不住，寻不着。他看她嘴角的笑，疑惑一个人为什么在无意识的时候，嘴角还是微微上扬着。他不明白她就那样一直看着一直看着，可她的眼睛里看到的到底是怎样的景色。

是柔软的情绪哽住了喉，他忍不住咳了几下。

突来的声响让她的身子轻微抖了一下，她继而回过头，看到了他一张涨红的脸，不禁轻笑出了声。

几时来的，怎么不叫我？她语气温和。

刚来。他说着走了过来，在她的对面坐下。

她若有所思地看了看他，没有说什么。拿起煮水壶准备冲茶，却发现满壶未出的茶汤，浓艳艳的，她忽然觉得心里很凉。

他见了，忙从外衣口袋里摸出一包茶叶，说：朋友刚送的，还没喝，想着来请教你。

他第一次发现自己竟然学会了体贴人。

她不语，表情清冷冷的，像是窗外秋天的雨。见她不言不语，他觉得无所适从了，不知道该说些什么，更不知道该做些什么。只好愣在那里一起沉默着。

过了好一会儿，她说：换支曲子听吧。

她说话的声音有些哑。他听了连忙起身，就在他转身的那一刻，她的眼泪落了下来，迅速落进盏中的茶汤里，“啪”的一声，在空寂的房间里显得格外清脆。

他的心，微微紧了一下，有种难以名状的疼。

于是，他用了心思去待她。

时日久了，她也明白他的心意，心里感激，却吝啬言语。

他陪她品一壶茶，陪她修枝剪叶的整理盆景，午后有温暖阳光的话，两个人面对面坐着聊聊天。

他在她面前成了一个孩子，极力地想要讨她的欢心。他不知道，曾经那样的敌对，表情不屑、语言刻薄地待她，到底是为什么？有时他甚至胡乱地想象：一定是她对自己下了蛊，于是对她的依赖才欲罢不能，所以，他任由自己的骄傲在她的面前一点一点地消失，自己成了一朵卑微的花儿。

之后，他常常来茶室。两个人在一起的时候，通常是听着音乐，温上一壶老茶，聊一些没有主题，断断续续的话题，间或沉默着。

他很好奇她算得上简单到极致的生活，一壶茶、一支曲子、几本书、几行字，一天就这样被她怡然闲得地打发走了。

他觉得她如魅一般，这种感觉是在和她对话中总结出来的，不易察觉，细腻如丝。

他问：你身边的朋友了解你么？

她说：我很不情愿回答这个问题，因为了解一个人，或被一个人所了解，都是一件不舒服的事情。

说这句话的时候，她刚饮了一口茶，眼睑还是垂着的。他看了看她的表情，于是猜测，明明她的话里，有些耐人琢磨的意味，而她总是那样不着声色地把那些意味说得轻巧，不露痕迹。

他会就着话里的意味似无心无意地说一句：你好像很喜欢，又或者习惯一个人简单的生活。

其实，她是听得明白的。只是她懒得用许多的话费许多的心，来讲明白喜欢和习惯的意义。有些话一旦说清楚讲明白的话，倒真是什么意思都有了，又或者什么意思都没了，至少，她是这样认为的。

所以，她会浅浅地笑一下，为他斟满茶。

两个人就这么静默下来，除了彼此轻微的呼吸声、水壶里的水沸声，还有碟机里的古琴悠远、旷达。

这个时候，他就会平白的多了一丝懊恼的情绪，懊恼自己的拙劣，仿佛斟酌完好的语言再怎样云淡风轻，也逃不过她细腻的心思。

她在静默里神态自若地把玩着自己的那些小器具，余光里却是装得下他的失落的。她明白，亦懂得，却不说。

换一下茶吧。他的声音有些飘忽，那是他想极力按捺却无奈何的情绪。

她笑笑，语气轻快：口感清淡点的？

他点了点头。

其实，老茶刚泡了没几道，正是口感最佳的好时候，茶汤颜色浓艳明亮，口感饱满柔滑，含在嘴里，自有一番醇厚、入口即化的感觉，若在平日里，只一眼看去，心里就会觉得窃喜。他自是喜爱这茶的，只是，今日里，他顿觉得那茶汤太过厚重，浓得化不开，厚重得抬不起，压在心口的地方，慌得厉害。

说到底，关茶的什么事呢，关的只是人的心思。

日子总在悄无声息地过，偶尔相邀，以茶作陪，不曾真正地熟悉过，可在某一天，话题所致，屈指一算的时候，竟也相识了许多年景，惊讶之余，再说及陌生或熟悉的时候，两人竟异口同声答曰：熟悉的陌生人。说完，两人对视而笑。

秋天过去大半的时候，他约她去看红枫。

她没有拒绝。

那天的阳光很好，一丝风都没有。这在北方，很是难得。他开车到茶室前，拿起电话发了一通信息：我到了。

看着发送成功的提示标志，他傻傻地笑着。他说不清楚自己对她的情感到底是不是爱，他比她大十多岁，可以做她叔叔的年纪。可是，这有什么关系呢，他喜欢她，喜欢看着她的样子，看她浅浅的微笑，云淡风轻。

是的，他不知道这是不是爱情，他只是愿意为她做任何的事情，如果她不要他的爱，那他会装作一副不爱的样子，站在她的身边。

她看了信息，套了一件白色的针织毛衫出门。

车上的 CD 机里正放着琵琶吟，她怔了怔，什么也没说。她知道以前他是不喜欢听这支曲子的，每次她放的时候，他总会说她是一个为赋新词强说愁的小女子。他说她很虚伪。

.

她脸上细微的变化，他是看在眼里的。他自己也说不出什么原因，总之，她喜欢的那些东西，让他着了迷，他想从她的那些喜欢里探知一些与她有关的情绪，他以为这样，他和她之间的距离就会近一些。

车子停在山脚下，满山满坡的红叶红得浓烈。

青灰色的石头阶梯在山间蜿蜒而上，道旁的红枫在阳光下泛着耀眼的红光。她很兴奋，一路奔跑着，像一只白色的鹿，清脆的笑声一漾一漾的，如铜铃。

上行一段路，他指着前面的长椅说：累了吧，坐下来休息下。

她点点头，跟着过去，拂了拂长椅上的落叶，坐下来。他也跟着坐下来，如木偶，线在她的情绪里，她不笑，他便不喜；她若忧烦，他便锁一心的愁。

他从背包里拿出水壶，倒了一小杯递给她。这是他一早就准备好的，里面放了些红枣和姜丝。她伸手来接，青白的手触碰到他的温暖，像唐突了似的马上往回一缩。

很冷么？手怎么这样冰？

还好，习惯了。

习惯了？

嗯。其实南方没那么冷，可我的手常年都是冰的。小的时候，邻居开玩笑说，手脚冰没人疼，当时年纪小，听了心里自然难过。可父亲不这么认为，他会摸着我的头，安慰我说，别信那些话，他们说笑的，手脚冰才有人疼。说完，父亲便用他的大手捧着我的小手，来回地搓。知道吗？我当时听了，心里暖得就像开了花。现在想想，真是傻……

她开始笑，一直笑个不停，笑得眼泪在眼眶里打着转，然后一颗一颗地往下落。

她的眼泪弄慌了他，他语无伦次地说：不傻，一点都不傻，手脚冰有人疼。老人们好像都这么说。

说到这里，他低下了头，他自己都觉得那些凌乱的话太蹩脚。

她不再说话，只是呆呆地望着被风吹落的枫叶，表情里有太多的不确定，很多的美好，都是她不敢奢求的。

从很小的时候，她就成了这个样子，在自己的世界里独自沉寂，面对三千红尘，她不参与，她把自己从芸芸众生里硬生生地扯出来，她怕那些沉重与繁琐，她承担不起。

起了风，掀起她的头发，凌乱一团。

他把她揽入臂弯里，没有想得不得体，那一刻，他只想把她当作一个孩子。什么也没说，他只是低着头，看着她，用他温暖的手轻轻整理着她的头发。

看，我是不是很可笑，在你面前，失了礼，曾经，你总说故作云淡风清的模样，而现在，倒是秋雨无事长了。

他不知道自己这是怎么了，莫非真的入了魔？想对她说的话一句一句堵在口中，却一个字也连不起。

他端望她的样子，顿然觉得她像一个谜。他一直当她是个寡情寡言的人，而如今，他当真是猜不懂她了。

然后他不自然地笑了笑，说：你这个小丫头，该不会是个小女巫吧！

两人同时笑，笑容里各有各的意味。

想要表达什么意思呢？

是在探究什么呢？

两人各自思量。

日子过得轻轻缓缓。

他似乎变得更加迫切了，迫切地想要了解她。

只是，她还是从前一副事不关己的样子，让他无处着力。

一日，阳光洒进了半个厅，一水儿的明晃晃、暖洋洋的，有一段日子不见太阳了，她欢喜地站在门外的花圃里，抬头对着亮堂堂的太阳傻傻笑，一双俏皮的大眼睛忽而睁开，忽而闭上，像是和太阳玩捉迷藏。

他在远处静静看着，半斜着身子倚靠在车门上，端着饶有意味的下巴，笑容宠溺。

她穿了一条荷叶边的纯白色公主裙，宛若一个粉雕玉琢的小人儿。

你好像第一次穿这样可爱的裙子。

她转过头，定睛看玻璃窗上的自己，竟真的仿佛不相识。

她咯咯地笑开来，说：何止你，我也是第一次呢，呵呵……她笑得像个天真的孩子，继而说：这是朋友送的礼物，原本不想收的，又怕拂了她的心意，这才……

话没说完，她转过头来，看了看他，竟有几分窘迫，一张白皙的脸，霎时染上了桃红。

你看，难得好天气，坐在外面喝茶吧。

他点点头。

你等我一下，很快就来。

他把藤桌往阳光充足的地方移了移，然后坐了下来，先烧上水，把所需器具清洗了一下。

难道真是对她动了心？起先有这种想法的时候，他还可以给自己找些借口，他觉得是她的那些怪，才让自己有了过多的探究欲，而现在，他知道，自己真是深陷进去了。

想什么呢？这么专注。她在他的对面坐下来，伸手熄灭了火。

哦？他慌忙抬起头：没什么……一些工作上的事。他支支吾吾，一时间竟不敢看她的眼睛。

会影响到你喝茶的心情么？她开始温壶投茶，一脸安静。

呵呵，当然不会。他放松了一些，才看到她已换了衣服。

布衣布裙，软底绣鞋，高高挽起的发髻，细丝银项链，这是她惯有的穿着。

对了，要跟你告别了。她给他斟了一杯茶，笑着说。

他刚伸出手，还来不及触到茶盏，就悬在了那里。

原本不想说的，可想来想去还是觉得要告诉你的，怕你来时吃闭门羹。这些话在她口中说得轻巧。

要去哪里？什么时候回来？

她睁大眼睛看着他，打量了一下，说：你的问题真多。不过我也不知道呢？

不知道，你怎会不知道？这不是你自己决定的事情么？

只是想一个人出去走走，至于去哪里，什么时间回来，还没想过。

她没有丝毫的玩笑成分在，她是真的不知道。她对生活总是缺乏周密的计划，她也学不会去规划一些未来的事情，她从来都是毫无目的的向一个不明确的地方行走，或走或停，全凭心意。而今，她又不安分了，她觉得这个城市让她感到沉重，她便向往另一处，至于那个地方在哪里，有多远，却是不重要的。

你总是这样吗？没有计划，没有想法？他的语气里有掩盖不住的失落。

他低下头，给自己斟了一杯茶，端在手里，一双眼睛仿佛要浸入茶汤里。

记得第一次来你这里，在门口站了许久，没人招呼。你在临窗的位置坐着，我喊了几声你没应，我有些气恼，就咳了几下，你当时也只是回过头看了我一眼。也说不上什么原因，总觉得你当时的眼神里有一种不屑的意味，所以，从那时起我就无节制的对你恶语相向，可明明，我不是这么卑劣的人。

他喝了一口茶，接着说：你愈是不言不语，云淡风轻，我心里就愈恼火，我把你的沉默寡言当作对我的反抗。

我明白，因此从未怪你。

日子长了，知道了你不是我认为的那样，才知道我只是在赌气，气你对我的淡漠。

她笑，一脸谅解。

两人不再说话，一阵长久的静默，只有煮水壶里的水咕咚个不停。

她站起来，拿了花剪修剪绿植。

其实她只是一时之间不知道该怎么面对他。

开始有叶子落下来，秋天就要过去了。

她离开家已经许多年。许多年中，她一直是一个人，也习惯了一个人。在潜意识中，她对所有的情谊都是逃避的，她怕一旦接受，便成了亏欠，她觉得她没有太多的热情作回应。

九岁那年，疼她爱她的父亲去世，村里的老人们说她是天煞孤星命，父亲是被她克死的。母亲没有受过教育，对这样迷信的话深信不疑，从此就没给过她一个好脸色。幸亏外婆怜惜她，一直对她疼爱有加。高中没毕业，最疼爱她的外婆走了，母亲认定是她克死了外婆，于是断了她的求学梦，把她撵出家门自力更生。走出家门的那天，南方的梅雨季节刚开始，一路小雨陪着她走出那个冷漠的村庄。从那天起，她就真相信了那些老人们的话。

你对我的好，我心里都明白。不过，也只是明白。

她说话的语气平和，她对自己都吝啬太过激烈的情绪。

他听着她说话，寻出一丝不被接受的情绪，她总是能轻而易举地撞疼他坚硬如石的心，他们对擂，她无招无式，只安安静静地站在他面前，却任由他调动感知的千军万马相持，终也是溃不成军。

你没有想过会在某一天遇到爱情吗?

爱情？太远了，我连自己亦爱不起。

就这样一直一个人?

我十六岁离家，今年二十七了，十一年，我走过很多城市，从陌生到熟悉，一直都是一个人。我习惯了，也不想做出改变。人走一路，长短不一，有一点还是相同的，人最终的样子，便是最初的样子，我来的时候不由己，还不懂得和自己问好，这一路便走得这般空空荡荡，所以想留着多一些的时间，问候自己。

他觉得他是懂得她晦涩的语言的，从她的表情，她的语言中，他能窥探出一些不堪回首的过往。

觉察到他的沉默，她转过身，看到他紧着眉头，便急忙放下花剪，走到他面前，手轻轻按在他的肩头问：是哪里不舒服么?

他顺势将头深埋在她的棉布衣里，紧紧依偎着，闻着棉布衣里散发着阳光干燥温暖的味道，他贪恋着，一寸不愿离开。

我不欺瞒你，我比你大十岁，遇见过很多女人，也交往过很多女人。我们在一起，各自索取自己所需的东西，激情或者金钱。我没有对谁说过爱，更没有爱情，我觉得那是传说里很神奇的东西，在现实里，你碰不到。所以，我也不奢望。跟你一般年纪的时候，玩心重，天天逢场作戏，我演先生，你扮太太。玩了几年后，觉得不是那么回事，于是想找个可心的人过日子。可哪有那么多可心的人呢，于是找来找去，试来试去，一晃眼一把年纪了，过日子的人还是没个影。跟你说这些，并不是标榜我有多诚实，我只是觉得，难得碰上一个想要用心对待的人，真的是不容易。

这是你的自白书了吧。

还差得远，活了快四十年了，要讲起来还不得一千零一夜。

她轻笑出了声，念叨：是呢，都近四十了，还跟我赌了那么长时间的气，跟个小孩子似的。

是呢，他自己也觉得如此，在她面前，倒退了时光，成了孩子，他对自己怜悯，怎么变成了这个样子，在她面前极力表现，只是为了讨她欢喜。

那么长的日子，他陪她春秋冬夏，从激烈到温良，从不屑到珍爱，她不是草木，他对她的情义，她是明了的。

那么多年来，一个人的苦乐，从来没有人参与过。父亲走后，她几乎就没再流过泪，外婆去世时，她在坟头哭了一宿，之后被母亲撵出家门，十一年了，她从未在任何人面前流过泪。她以为弯下眼睛，上扬的嘴唇，就可以成全幸福的模样，到头来却只是自欺欺人。后来，他执意闯入她的生活，久居不走。她在有他作陪的时光里，开始变得脆弱、流泪、失控，十一年的隐忍，哀愁悲喜在他面前失了阵地，可是他的爱，太盛大太隆重，她要不起。

她抬起头，透过交错的枝叶，看天空中的白色流云，父亲下葬的那天，她看着蓝天上的云朵问自己：云朵是谁的孩子呢？为什么总在流浪？她从哪里来？又要到哪里去呢？

一直到现在，每每抬起头，她总会思考这个问题。她觉得她就是一朵云，被风吹，不由己。

久而久之，她相信了，冥冥之中，一切自有安排。就像父亲和外婆的离世，就像老人们说的话，就像那些爱她的人，都离去。

她低下头不再说话，只是不停地抚摸着他的头发。

阳光斜斜地洒在他的发上，有银丝闪亮，岁月总是太过诚实，时光在他身上留下了年轮碾过的痕迹，在不惑之年，他倾尽心力，与她遭遇。

她不忍，俯下身，摊开他温暖干燥的手掌，抚摸着掌心中深浅交错的纹理：我从来不知道自己想要的是怎样的生活，只是一路摸索，痛的、乐的，都不肯与人诉说，我情感匮乏、个性固执，这样一个锈迹斑斑的人，你也愿意吗？

她的语气里有太多曾经沧海后的寂寥，让他莫名心疼，他说他愿意。

他以惊人的速度与各部门做妥善的交接，了断后顾之忧。

天空中飘着细碎的雨，这应该是北方的最后一场雨了。门前的几棵银杏树，叶子已落了大半，在细雨朦朦中显得愈发怅茫。檐角滴落的雨珠，打在青石砖上，倏地不见了踪迹。小花圃里的绿植依旧繁茂，像是忘了季节的孩子，迟迟不与秋告别。

她坐在窗前温着茶，看北方的最后一季雨。

CD 机里还是那支《琵琶吟》，整个房间阴暗空荡，曲子悲凉。

她穿着及膝的白色粗毛线针织衫，领口层叠堆积，松松散散地裹着白皙修长的颈，袖子很长，可以盖住她冰冷的手指，她将双腿收进藤椅里，双臂交叠，头埋在臂弯里，一头乌黑的秀发倾泻，垂在白色毛衫上，惆怅散落一地。

最终，她还是与他不告而别，在她的生命里，她不敢在与任何疼爱她的人有所牵连。

她站在门口，环视着这个她曾称为家的地方，这里有她费尽心思布置的景致，而今，却什么都带不走。

人总是得面对一些真实，终其一生，我们一无所有。

她拎起简单的行囊——一只旅行包，站在门外，郑重地和这里说再见，她真的不知道，到底这世间，可有一处容她安静生活的去所。不是一个人，而是有人陪着。

他看着落锁的门，心里百感交集。最终，她还是一个人走了。他不怪她，安慰着自己说：等她整理好一切，会再回来的。

她去了南方。生她养她的那个山村。

一别十余年，一切已不复旧时模样。老屋已经不在，父亲和外婆的坟地早已被荒草淹没。彼时说她是“天煞孤星”命的老人们大都离世，只有几个儿时的玩伴还能隐约辨出熟悉的模样。

紫藤，十多年你跑哪儿去了？

很多地方，就想离这儿远远的，这样家人才安好。

唉，你走后的第二年，你弟弟去河边捉鱼，一个猛子扎下去，就再也没上来。你妈哭了一个月，后来见人就说，如果紫藤在身边，一定会看好弟弟的。她是后悔当年把你撵出家门呀。

她人呢？

改嫁了，有七八年了呢。你回家了没，你妈在院子了种了一院子的紫藤，说如果你回来了，还有个物件能陪着你。紫藤，你妈说，她最对不起的就是她的紫藤了。

她听着，眼泪落了一地，辗转多年，再回到这里，原来就是想听一句谅解的话。她知道，这是她的心结，打不开，她就走不出去。

半年后，茶室门上的锁不见了，门外的小花圃里新添了许多植物，一棵挨着一棵，精神抖擞。她把藤桌放好，点上炭火，水壶里煮上水，八十年代的老茶静待在茶匙中，紫泥壶，土陶杯已备好。她按下数字键拨去一通电话，巧笑倩兮，一脸喜乐。她说：我煮好茶，你来喝。

执手，偕老

夜很静，房间没有开灯，沈言一个人坐在松软的棕色沙发里，窗外隐约的星光映在他的身上，投下的暗影显得无比寂寥。

"嗤"的一声，一根火柴被划着，泛着红光的火苗蹿了一下，随即安静下来。他缓缓地抬起手，将火苗凑向雪茄。落地玻璃窗，有清冷的白月光倾泻进来，像一束追光，打在他被岁月雕琢的额头上，深浅不一的纹理中，写满沧桑。

他有房产无数，豪华别墅、古朴院落，但他经常栖身的地方，却不是这些地方，而是酒店总部的这间雪茄室。会议、谈判、项目考察、酒会、上流人士的派对，他生活的全部内容除了工作，就是商业活动。如今他虽然坐拥无数财富，他却依然迷恋成功所带给他的巨大刺激感。

他不计一切代价来拓展他的事业版图，直到，他走到现在的位置，在商界名声远播。只是名利双收后，他并不觉得自己有多幸福，甚至累了倦了的时候，连个倾诉谈心的人都没有。从前，他还有方芸，听他的愁苦，听他的喜悦。

如今，他自己都不记得已经有多久没有看到方芸了，那个陪着他走过风雨的女人，在他的世界里开始缄默了。他没有想到，在事业越来越成功的今时今日，他的境遇却一如开始时那般的窘迫，不同的是，这份窘迫不是来自物质，而是内心的巨大空虚和情感的贫瘠。

于是，在越来越多的时间内，他陷入了空前的迷茫之中，他渐渐怀疑现在所拥有的一切，是不是自己真正想拥有的。他反复追问着自己：你到底想要什么？

这个问题就像是一个无解的方程式，每解一次，就是一次心灵的煎熬。他觉得自己的心好像破了一个洞，一个很大的洞，所有的美好和幸福都从这个洞里流走了，他用尽一切去填补，却只是越来越空，越来越空。

一开始，我在寻找什么呢？

漆黑安静的房间里，一声长长的叹息显得格外沉重，雪茄还在燃烧着，一缕一缕的烟雾，笼罩着他空洞茫然的脸。

沈言出生在一个山清水秀的山村。山村的风景很美，但是生活在山村里的人很穷。山村里没有电，家家户户点着煤油灯，或许是这个缘故，以致长大后的他对煤油的味道尤为喜欢。

他的父亲沈翰原本是来山村支教的老师，那一年，俊朗青涩的沈翰大学一毕业就来到了这个处在云贵高原的山村支教。山村条件恶劣，支教的老师一茬接一茬地离开，最后，只剩下沈翰坚守阵地。当然，让沈翰心甘情愿留在这样艰苦环境中的除了那群渴望知识怀有单纯梦想的孩子外，还有一位让他心动并爱慕的单纯善良的女孩。这个女孩就是沈言的妈妈。

儿时的沈言十分淘气，但是大人们说，越是淘气的孩子越聪明。这一点，在沈言身上很应验。沈言的妈妈在生产他时大出血，山村医疗条件有限，送山外的大医院没来得及，那个善良的女人在最好的年纪死在了崎岖的山路上。乡亲们说，那一夜，沈翰撇下刚出生的儿子，一个人围着大山疯狂地跑，一边跑一边喊着他死去女人的名字。之后，沈翰变得沉默寡言，渐渐地，连书也教不成了，后来，长期抑郁的沈翰疯了，再后来，一个下着暴雨的晚上，山路塌方，沈翰也死在了崎岖的山路上。此后，山村里的人再聊起沈言父母的故事时，总会摇头长叹，惋惜地叨念：可惜啊可惜，那么好的人年纪轻轻就走了。

就这样，六岁的沈言成了孤儿。村子的人对沈言特别的好，不仅因为他是沈老师的儿子，还因为他可爱很讨人喜欢。

沈言打小就聪明，沈翰活着时，精神状态不错的情况下，都会教他读书写字，小孩子记忆好，脑袋也灵光，好多知识，村里念中学的娃子都比不上。村头的李老汉无妻无子，见沈言天天跟个泥猴似的满山遍野地跑，怕孩子走上他父亲的路，索性就带在身边成了相依为命的人，除此外，村委还按月发给沈言生活补助。

沈言经常听村上的人讲起自己的父亲。说父亲是大城市来的人，有知识有涵养，如果不是因为母亲留在这座大山里，父亲也不会如此短命。这样的话，沈言从六岁听到十四岁，八年的时间，他对山外的世界勾画了无数遍，但无论他怎样想，都无法想象出那个世界和山村的区别来。

山的那一端也是山么?

山外的世界有漫山遍野的绿树和野果么?

那个世界中的人也会和李老爹一样爱喝酒，爱抽烟，睡觉爱打震天的呼噜么?

如果母亲生活在山的那边，也不会早早地就走了吧?

随着他的成长，他的问题也越来越多，他越来越渴望外面的世界，那个世界，到底是怎样的呢?

直到，又一批来山村支教的年轻老师来，他跟着离开的老师一起走出了大山。

日子过得真是快啊! 沈言熄灭了手中的雪茄，长叹了口气。他想到了他的父亲，那个为了一个女人而放弃所有，并为她生，为她死的男人。他记得李老爹说，其实娃子的爹娘都是好命的人呢，生在一起，死在一起。

他一直不明白李老爹的话，那么穷苦的过日子，就算生在一起，死在一起，又有什么好命呢?

下着雨的夜，黑色的迈巴赫 62 驶向兰苑别墅。车灯打在 3 号公馆的铜色大门上，闪着荧光。沈言摇下车窗，看着门内隐约的光亮，按在喇叭上的手又收了回来。

站在落地窗前的方芸，望向院外那扇沉重的大门。她知道，沈言就在外面，她听到了车子的声音，也看到了车灯的光亮，对于这些细节，她早已熟悉，而今，却又觉得陌生。

四月天，时常有雨。马上又是月末了，这是沈言这一个月来第一次回家。从之前的等待，到如今的淡漠，方芸发现，自己离这个男人已经越来越远了。

雨越下越大，随即有了闪电和轰轰雷声。沈言缓缓地摇上车窗，心里生出万般歉疚。他想到了方芸，想到了儿子，想到了自己是一个丈夫，还是一个父亲。然而，这两种身份，对于他来讲似乎一直以来都模糊不清，儿子是不是又长高了，自己有多久没有吃到妻子准备的饭菜了。一想到这些，沈言就觉得胸口被人狠狠捶打了一下，闷闷地疼。

但是，家还是要回的。

客厅的灯亮着，门，没有关。沈言迟疑了一下，脚，最后还是迈了进去。他先是用手拂了拂外套上的雨珠，然后看向内厅临窗站着的方芸。方芸没有回头，还是一动不动地保持原有的姿势，仿佛并未察觉有人进来一般。

先生，您回来了。王姐双手端着一叠衣服站在一边，显得有些慌乱。

王姐，你收拾这些衣服做什么？沈言有些好奇地问道。

是……

我原本打算去看小方，没想到你会回来。方芸打断王姐的话，转过头来，看着沈言说。

我应该提前给你打个招呼的，要不，我送你过去吧！

“沈言，我们什么时候变得这样客气了？

方芸……我……

你先坐吧，我给你沏杯茶。方芸不等沈言说完，径直走向偏厅。

沈言原本想拉住方芸的，可手在袖管里挣扎了几下，终究也没能抬起来。

他看着方芸的背影，想到她方才毫无情绪的眼神，他第一次感到这个女人已经离自己这样遥远了。曾经，这双眼睛里有过委屈，有过埋怨甚至愤怒，而现在，这双被岁月的潮水一再拍打逐渐暗淡的眼眸中，连厌倦都不存在了，她空空的，就像是他们的婚姻一般，除了名义，什么都没有了。

顿然间，沈言感到了前所未有的累，他示意王姐去忙自己的事情，然后，他拖着沉重的步子来到沙发前，“嗵”

的一声坐了下去，整个人顿时瘫了下来。

沈言，我们离婚吧！

方芸把沏好的茶递给沈言，淡淡地说了这么一句话，就像是一个去菜市场买菜的人说“给我一把芹菜”一样的简单。

沈言先是一愣，伸出的手悬在虚空中停顿了一下，随即接过茶杯，他吹了吹浮在水面的茶叶，呷了一小口。他没有看方芸，他也不敢看，他只是佯装淡定地把茶杯放在茶几上，不疾不徐地说了一个“好”字。他觉得除了这个字之外，他找不到恰当的语言。

十年，他从一名不文的旅馆伙计到如今身家过亿的名流，这个女人和他一起面对过无数次的人生低潮，一起隐忍克服，一起风餐露宿，无论怎样艰难的困境，这个女人都是默默地承受着，而今，他发达了，她却要离开了。沈言觉得这是一件无比讽刺的事情，他的心里酸酸的，像是年少时吃到的那块馊掉的馒头，让他难过得似乎要窒息。

协议书我都写好了，放在了书房。我知道你看中香火，儿子随你，除了加拿大那套你买来送给我的房子，我什么都不要。

这样对你不公平。

怎样才算是公平呢？我不顾父母的反对嫁给你，吃过苦受过委屈，但直到现在也没有后悔过。沈言，感情里原本就不存在公不公平。我只是觉得累了，想换个环境生活。

沈言的手忽地抖了一下，他觉得眼眶有些热，眼睛像是氤氲了一层雾气，他不敢看方芸。喉口紧的厉害，几乎要憋红他的脸，他用力咳了咳，不自然地问：小方，小方知道了吧？

还没跟他说，儿子从小就心思敏感，或许他已经也察觉到了。

方芸说到儿子的时候，原本毫无表情的脸上露出了些微的笑容，不过这笑容在这样的谈话中，显得异常的不合时宜。

儿子已经九岁了，由于两人常年忙于事业，儿子很小的时候就被他们送到了寄宿学校，直到事业稳定之后，方芸才把重心转移到家庭，做起了专职太太。不过那时儿子和他们已经有了很深的隔阂，在感情上也不亲近。

方芸，对不起，我欠你们母子太多了。

不要再说这些了。儿子跟你若是不方便，你可以随时跟我联系。

之前我就给你开了一个户头，折子和卡都在放油灯的盒子里，密码是我们的结婚纪念日。沈言摘下眼镜，用食指和拇指捏了捏眉心，顺势揉了揉模糊的眼睛，他已经不记得自己上一次想要流泪时是在什么时候了。

我真的不需要。沈言，你也不年轻了，从前我们打拼，是为了一片自己的天，如今，财富有了，名利有了，该知足了。人这一辈子，总归有一站是用来歇脚的。

方芸说着，踱步走到沈言身边。他的两鬓已经有了白发，曾经天不怕地不怕的热血男儿，什么时候也开始老了？方芸的心里突然多出了许多感慨。她发现，她已经很久很久没有这么仔细地看过这个男人了。这几年，生意越做越大，他回家的日子也越来越少，他们之间很多时候两三个月都见不上一面。从最初的相互依靠，到如今的渐行渐远，他们几乎成了最熟悉的陌生人。

方芸的手，轻轻落在沈言的头上。暖色调的灯光下，方芸的神态安宁，目光祥和。这个男人，曾是她用心用力唯一爱过的人，而现在，她提出了离开，曾经的不顾一切，在这一刻，成了一个遥远到仿佛不真实的梦。

在方芸的手落下的那一刻，沈言的心头一震。说不出的千言万语，在此时化作了一种依恋。他将头靠在方芸的怀里，一如一个疲倦的孩子渴望得到母亲的安慰。他坚实的内心瞬间瓦解了，从小缺失母爱的他，流下了脆弱的眼泪。

沈言和方芸要离婚的事情，儿子墨方平静地接受了。

一切都发生了，一切又似乎没发生过。

十年前，他们结的婚，领证的那天晚上，一盏煤油灯在破旧的小屋里亮着，只有他们两个人。他张罗了两个简单的小菜：西红柿炒蛋，凉拌土豆丝。他们喝了一点白酒，当时她被酒呛得流出了眼泪。

十年后，他们离婚了，晚上，依旧是两个人。她关上厨房的门，做了两个同样的菜，他们喝了点酒。中间，他去了书房。在书房的花梨书柜下，他拿出一只带有精致花纹的红木盒子，像对待珍宝一般小心翼翼地取出一只煤油灯。

回到饭厅，他把那只煤油灯仔细地摆放在餐桌上。

他说：可惜，没有灯油了。

生活就是这样，来了一些东西，便会送走一些东西。我们有那么多漂亮的灯，煤油也就远了。

办完离婚手续后的第四天，他们在机场告别。

方芸，以后一定要幸福。

我会的，你也一样。

之后，方芸走向安检，下一站，她要停在加拿大。

沈言看着方芸的背影，徒劳地挥着手，对于生活亦或人生，他的疑问更深了：路要怎样走，才能到达幸福？

他终于懂得李老爹说的那句话了。他开始怀念那个山村，想念他的父亲。他觉得，他的父亲应该是个幸福的人吧，有那么一个让他愿意用生命去爱的女人，为她留下，为她死去。

他想起初到都市的经历。那时，他没有学历，没有任何工作经验，就算是给小饭馆端个盘子，他都有些手足无措。他几时见过这样多的人，整个山村，也不过上百口人家，村子空荡的喊一嗓子，都听得见回音。

人潮拥挤，他无处可去，晚上在公园的长椅上对付一宿，冰冷的石凳，潮湿的露水打湿了他的衣服。他在悉悉索索的声音中屡屡惊醒，每一处关节都在隐隐作痛。那一刻，他感到了前所未有的无助。他不知道自己告别那熟悉的蜿蜒山路和和蔼可亲的乡亲们来到这里，是为了寻找什么？十八岁的他，在自己的梦想面前困惑了。

给，吃点东西吧。当他立在街头，一双噙着眼泪的眼睛仰望着蓝空时，他的身后响起了清脆的声音。他带着稍许的疑惑转身看向声音传来的地方。他觉得，那是一张这个世界上最美丽最温暖的脸。她真美啊，白皙的皮肤，水汪汪的大眼睛黑亮而圆，两个深深的酒窝镶嵌在粉嫩的脸颊两边，一头乌黑的头发扎成一束高高的马尾。

沈言至今也想不明白，自己当时为什么会那么仔细地盯着她看，没有一丁点儿的羞涩。这个场景，就像是一个幻影机一样放在他的大脑里，每当静下来的时候，频频播放。他看那个女孩和那个自己。看着青涩的方芸和青涩的自己。

兜兜转转，原来爱情就是这么一件简单的小事啊。穷的时候，他们相互依靠，一盏煤油灯，两个小菜，就能傻傻地笑上一个晚上。如今，他坐拥财富无数，能让她一辈子用之不尽，可惟独，没了陪伴。

古人说，执子之手，与子偕老。

站在候机大厅里，五月的阳光投过落地玻璃窗，热烈地照在沈言的脸上，光影模糊了他的轮廓，像是一幅抽象的画。他手里握着飞往那个遥远国度的机票，激动地盯着航班起飞的时间。那一刻，他终于懂得：如果手都放开了，要怎么去和她相伴到老呢。

等一场花开

三月，春暖的时节。草儿泛着青绿，花儿顶着嫩苞，阳光镶着金色的边，连云朵都是轻软可人的白。

窗台的兰花送走了一季冬，密密的花儿码在一起，拥挤着一片喜悦。

一张摇椅，在阳光里散落下疏淡的影子。一壶热茶幽幽地散着清香，陶壶里的水咕咕的响着，小卓饮了一口茶，弯月的双眸眯成一条线，欢喜地看着那些花儿。

一年多了，终于，她再次呼吸到了有他气息的空气。这样的时刻，她的心是安妥而满足的。

很久以前，房间里只有他和她。一把壶，两只杯子。

壶是红泥壶，流线型的半月，温润古朴；杯子是绘有幽兰的青花瓷，几笔淡墨，雅致素净。从前的很多日子里，穆白为她煮茶，而她，躺在摇椅里，望一窗风雨。

那一日，也是如此。

丫头，喝杯热茶。

这是穆白常常说的话，简单中有些小小的宠爱。

小卓接过来，不看他，悠悠地说：喝了热茶，人就不冷了？

最后一个字的音调淡淡地往上一扬，让本就清冷的语气更是一片怅茫。

穆白没有作声，转过身，走开。

穆白，下个月我就要走了。

小卓说这句话的时候，穆白刚坐下，手中的茶还未及喝，一抖，茶汤洒了出来，溅在他白色的衣角上，几点暗褐色。他突然觉得喉口发紧，干干涩涩的，什么话也说不出来。

没有得到回应，小卓转过头，歪着脑袋看他。随即，她的神色有些悲哀，她觉得他是无动于衷的，她走或者她留，他都不在意。想到这里，她无奈何地摇摇头，目光继续放在窗外。窗外正起着风，把绿竹吹得摇摆不停。

穆白坐在沙发上不紧不慢地冲茶，没有抬头。对于小卓的心思，他当然是明了的，他只是不知道该怎样面对她。

在他眼里，她还只是个孩子。

来，喝杯热茶。

和从前一样简单的话，只是这次，他没有唤她丫头，也没有从前的宠溺和温暖。他的语气平淡，就像问一个熟识的人吃没吃饭一样。是的，她说她要走了，他没有半分留恋和伤感。

喂，这几节课，你都没有好好教我抚琴。

她抬着清丽的花颜，想努力扯出云淡风轻的笑。没有成功，所以她笑得很苦涩，嘴唇蠕动，眼角晶莹。

看到这副表情，穆白有些不忍了，一只手抬起来，悬在空中犹豫了一番，最后轻轻放在她的头上拍了几下。

他说：我去送你。

小卓的身子突然就那么僵住了，她没有想到他会这样说，他不挽留她，竟然还要去送她。她慌乱了，原本就牵强的笑僵在了脸上，一滴泪，缓缓地从她的眼眶里流下来，躲进长发里，她努力地吸了吸鼻子，说：怎么办？眼泪很不乖。

穆白觉得她的眼泪刺痛了他，他知道，很多话他不能说也不敢说，说出来就成了错。他俯下身子，双手托住她的脸，然后低下头，吻她光洁的额头。

窗台的那盆兰抽新芽了。

他在她鼻端轻轻说。这样近的距离，呼吸里有灼热的气息，小卓突然觉得干燥得很，没来由的一阵坏脾气：为什么，为什么你从来不说爱我？

傻丫头，你还不懂，不懂爱人，亦不懂爱自己，更看不懂一个不再年轻的男人的心。

我懂，我一直都懂。

你不懂，从前你叫我穆白叔叔，有什么心里话你都对我说。你的难过，你的无所适从，你觉得你的爸爸妈妈不懂得，不懂得你的世界和你承受的许多，所以，我成了唯一能够谅解的人。你依赖我，也习惯了身边有我，可是孩子，这不是爱。

不是的，不是，你错了，是爱，我爱你。从我十六岁那年见到你的那一刻起，我就爱你。可是，你不懂，又或者，你根本不想懂。

她说完猛地推开他，用薄凉的眼神看着他，她知道没有谁会真正的想要介入她的生活，分担哪怕是一丝一毫孤单。没有爱，亦没有温暖，从很久之前就是这样。

那时，她还小，五岁，由于父母被外派到国外负责一个项目，她便被送到了圃香的奶奶家。

从大城市到乡村，她需要很长时间来适应这其中诸多的不一样。听不懂的方言，满是尘土的街道，一天到晚喊喊嚷嚷的孩子们，还有被称作茅房的脏兮兮的地方。这一切，跟她原来的生活相差得简直太远太远。

初来乍道的小卓，漂亮干净的小卓，自然而然地成了圃香村的一道风景，并引来了很多同龄孩子的好奇目光。他们总是围着她问东问西，他们觉得这个长得如同洋娃娃一般的女孩子衣服真漂亮，说话真好听，他们觉得她身上有很多和他们不一样又让他们羡慕的东西。

小卓就这么突兀地出现在了这样一群人中，她觉得自己像是一个小怪物，被人打量来打量去。她不喜欢被人拉来推去地上下左右地看，她更不喜欢奶奶尖声尖语地对她大呼大喊。奶奶说：小丫头片子一个，还这么不听话。

即便到如今，只要有人在她面前提到奶奶二字，她都会不由自主地打个激灵。她已经不记得有多少次，那个有一头灰白头发，说话尖声尖语的老太太追在她的后面，大声喊着：你给我站住，小丫头片子。

一辈子守着土房子的奶奶没文化，早年丧夫的她脾气不太好，说话自然也容易没个轻重。小卓在圃香住了一年，一年的时间，把原本开朗活泼的小卓变成一个沉默寡言的孩子。

六岁那年，小卓和一个男孩打了一场架，把男孩的脸抓破了。男孩的母亲在奶奶家骂了一整个下午。奶奶见到男孩满是血迹的脸，二话没说就摁着小卓的头，陪着笑骂着小丫头片子一再地向男孩的母亲鞠躬道歉。

奶奶不知道，小卓被男孩笑称野孩子。奶奶不知道，男孩的母亲说小卓没教养，父母不疼，奶奶不爱。奶奶更不知道，小卓因为辩驳了两句被男孩的母亲打了耳光。可是，六岁的小卓什么都没说，只有眼泪落满了脸。

那天夜里，小卓离开了奶奶的家，摸着山路一个人走，她想回自己的家，那个家里没有奶奶刺耳的叫嚷，没有别的孩子的嘲笑，更没有那个凶神恶煞般妇人的耳光。山路不平，她连连跌跤，顾不得疼，也来不及哭，只想离开那个如同巫婆的奶奶和那个伤她心的村庄。

奶奶是在半夜起来去茅厕时才发现小卓不见的，这下老人心里慌了。她蹒跚着小脚叫着相邻一起找，小卓的名字在男女老幼的喊声中响遍了整个村子。山村被熊熊火把照亮了，火把蜿蜒在崎岖山路上，像是一条火龙。

再后来的事情，成了小卓躲不开的噩梦。奶奶失足从山路上跌了下去，从此阴阳两隔。

奶奶出殡的那天，小卓的父亲程颢几乎崩溃了。作为独子的他哭号着，几乎喊破了喉咙。母亲与他而言，是天，更是命。他自幼丧父，母亲含辛茹苦把他养大，供他念书。如今，他事业有成，还没来得及报答，却已天人永隔。

奶奶的死，就像是一个结，打在了程颢和小卓的心里。这场相互间的怨恨长达十多年，等到程颢想要去缓和父女之间的关系时，一切都太晚了。小卓有了很严重的自闭症，不能正常上学，不能正常与人相处，就连最基本的交流都很困难。

直到有一日，程颢和妻子卓兰要到外地谈个项目，便带着小卓去老同学穆白家小住几天。那是小卓近十年中第一次和父母以外的人相处。多年后，穆白常常回想起第一次见小卓时情形。那么单薄的一个小人儿，怯怯地站在卓兰的身后，一双手反复地抠着指甲。她的脸是雪白的，像是一张纸，脆生生的，让人怜惜。她没有看他，一双眼睛始终是垂着的，只有长长的睫毛一颤一颤的。

小卓，这是穆白叔叔，爸爸妈妈的大学同学。

她点点头。眼睛依然是垂着的，一个字也没说。

穆白，孩子就麻烦你了。事情解决了我们尽快赶回来。

穆白笑：不急，什么时候这样客气了。

这孩子……程颢刚说到这里就停了下来，他回头看了看小卓，摇了一阵头，继续说，怪我，都怪我。

都会好的。穆白拍了拍程颢的肩，虽然没有正式见过面，但对于小卓的情况，他还是有些了解的。

就这样，一直一个人生活的穆白，身边多了一个人，只是当时他没有想到，这个人会在某一天毫无征兆地闯进他的心。

如果不是爸爸拜托你，你或许早就厌烦我了吧。

这句话小卓说得清浅，可听在穆白耳朵里，却像是一根刺。他怎么会厌烦她，他怎么可能厌烦她。三年多了，从她进入他的生活到现在，三年多了。他从最开始的怜惜疼爱到现在的不敢面对，这份挣扎和拼力抵抗，她永远都不会懂吧。

你这么乖，我怎么会厌烦你。

你明知道我说的不是这个意思。

小卓，你还小，很多事，你不懂。

那么你懂，你去跟爸爸说，我哪儿都不去，好不好?

不好。小卓，你长大了，是要去外面的世界看看的。你不可能总是生活在穆叔叔的小房子里，这会束缚你。有很多事，你需要走出去才能懂。

你撒谎。我妨碍你了，我在你的生活里给你造成困扰了，所以你们商量好，要把我送得远远的，最好永不见。

小卓，你知道不是这样的，你知道……

我不知道。小卓喊着，捂住耳朵不听不闻。

之后，两人沉默了很久，很久。窗外的天色渐渐暗了下来，房间里有了黑色的影子。穆白坐在沙发上，良久未动，小卓走下摇椅，走向琴桌。

一根弦在她手指下响了一声，空旷旷的。她脸上的泪已经干了，表情沉静得像是一湖深水。她说：兰花真的抽新芽了呢。

小卓走了，改签的机票，就在当天晚上。

小卓走后的第二天，穆白坐在摇椅上，闭着眼睛摇了很久。整整一天，他没有出门，没有煮茶，琴也没有碰。

兰花在小卓走后的第三天，顶出了花苞，密密实实的。

一个星期之后的清晨，穆白刚醒来，便闻到了一阵幽香，他急急地下了床奔向客厅，果然，一朵一朵的兰花交错开放，在一窗阳光里开得矜持又小心。

他欣喜万分，给小卓发了邮件，没有文字，只有兰花次第盛开的图片。

一个月后，卓兰来找穆白。

穆白，你还在怨程颢吧。

你也觉得我是错的，是吗？穆白叹了口气，不再年轻的脸上写着满满的落寞。

对不起，穆白。

卓兰坐在琴凳上，拨了几根弦。我早就该想到的，当小卓第一次说你声音好听、手掌温暖的时候，我就该想到。那是在她奶奶去世后，她第一次开口说那么多的话，第一次主动叫我妈妈，也是第一次，我在她的眼睛里，看到一种光。

因为她对这个世界防范了太久。

你也早就知道的吧，不然，那次你不会走那么久。

卓兰，我不愚钝。我和她每日相处，细微处的东西，我比你和程颢体会得更直接。从她不叫我穆叔叔的那天开始，我就怕了。我跟你暗示过，跟程颢也提及过，你们全不在意。可我呢，对于小卓，我躲不开，也逃不掉，不管我走多远，走多久，我始终都是要回来的。

对不起。对不起。

这句话，你们应该对小卓讲。十九年了，你们到底为这个孩子做过什么。你们有没有问过她在圃香那一年多的时间里到底发生过什么？你们有没有想过把奶奶的死归结到一个孩子身上意味着什么？你们只知道她自闭，却不知道她一度自残。卓兰，你知道吗？对于这样一个孩子，我是没办法抵御的。

穆白，我们错了，错得太久，也太多。程颢现在每日都自责，他恨自己对不起孩子，更恨自己想错了你。

卓兰走后，穆白弹了一下午的琴。那是小卓走后，穆白第一次坐在琴凳上。

从什么时候起对这个小丫头动了情的，穆白不清楚。他只知道，在他躲出去的那一个月里，他满脑子装的都是小卓的影子。她喝茶，她抚琴，她娇笑着跟他撒娇，她噩梦中紧抱着他的胳膊。

四十多年，他专注于修心授课，对情爱之事从无别的想法。他是学生眼中的仙风道骨，是友人眼中的世外之人。他以为自己这一辈子就这么被注定好了，选一处山水静地，修心智，养心性。别人恋着这万丈红尘的俗世情爱，他自清高地做一只闲云野鹤。可是世间事谁又说得准。他陪着她疗心伤，不想也医好了自己的木石心。

当他确定了自己的心意后，他整个人是慌乱恐惧的。他满脑子想的是伦理道德，他觉得自己不能有这种想法，更不该有。他是一个足以做小卓父亲的人，况且那么长久的时日中，他确实把她当作女儿对待的。所以他躲了出去，不是躲小卓，而是躲自己的心。

终究，他还是放不下。当卓兰给他打电话说小卓整宿整宿不睡觉，着了魔般只念着穆白叔叔时，他就知道他逃不开了。

从前，他站在三尺讲台上可以神定气闲地说：要放下，放下才能解脱。

可遇见了小卓他才知道，有些东西一旦拿起了，就再也放不下。

她是可以做你女儿的人，你怎么能够?

这是程颢一拳向他挥来时说的话。穆白没有躲，挨了个结结实实。

当我让你带小卓走的那天，我就对你说过，她不合适再到我这里了。

可是……

程颢，没有可是的。我原本是把她当成孩子看待的，可她待在我身边的时间太久了，久到让我慢慢发现，她不是我认为的孩子；久到她住进我的心里，我都没来得及觉察；久到你现在来兴师问罪，已经晚了。

可你，你是她的穆白叔叔。

这是小卓离开的三天前发生的事情。程颢的最后一句话，震破了穆白决定要坦白的心。之后，小卓走了。

小卓走后，程颢把公司的所有事务交给了卓兰。他去圃香，听那些长大的孩子跟他讲那个五岁时的小卓。他坐在小卓的房间里，读她的日记，看那扇她从来不关上的窗子外面的风景。他用了两个月的时间来体味女儿曾经走过的路。一个人，整日守在家里，坐在窗前看窗外的世界。他终于明白了，小小年纪的女儿，是怎样的孤单，一个人，一扇窗，没有声响，没有颜色，只有大片大片的云朵。

作为一个父亲，他第一次因为亏欠女儿而落泪。他的手指，久久地停在日记最后一页的那行字上：如果，那一晚我没有走就好了。奶奶还在，爸爸不会恨我，而我也就不会爱上穆叔叔了。

那天，从来不抽烟的程颢，脚下是一大片的烟蒂。他一直捧着那本日记坐到半夜，最后，他拨通了穆白的电话，沉默了许久许久之后，说：小卓，我的女儿，以后要拜托你了。

一晃眼，一年多的时间匆匆而过。

三月，春暖花开，小卓离开已经一年又四个月了。

无事的时候，穆白总会躺在小卓躺过的那把摇椅里，温着茶，看花，看云朵。他习惯了这样的日子，仿佛小卓就在身边。

中午接到院里的电话，有学术研讨，临出门的时候，他斟满了两杯茶，笑着说：丫头，记得喝杯热茶。

他经常如此，像是着了魔的人，只要出门，总会倒上一杯热茶，他觉得，小卓总有一天会回来喝的。

看着那个熟悉的身影下楼，取车，离去，小卓从白杨树后走出来，看着远去的车子，深深呼吸着。她觉得三月的风还是有些微的冷，把眼睛给冻红了，鼻子也冻酸了，一不小心，就会把眼泪勾出来。

她跺了跺脚，紧跑几步上了楼。站在二楼门前，她犹豫了好久，最后还是将钥匙插进了锁孔，带着满心的犹疑和不安，她转动钥匙——咔，锁开了。

眼泪忽然就那么稀里哗啦地淌了一脸，她抖着手推开门，一双眼睛那么热切地张望着，什么都没有改变，摇椅，古琴，朱泥壶，青花杯，还有热茶的香。

窗台上的兰像是被风吹醒了一般，摇了那么几下，幽幽飘着香。她笑，笑得一脸泪花簌簌落下，她觉得自己等了那么久，终于看到花开了。